RUBATA DALLO ZANDIANO

RENEE ROSE

REBEL WEST

Traduzione di
EMA FERRARI

OTTIENI IL TUO LIBRO GRATIS!

Iscrivetevi alla newsletter di Renee per ricevere Indomita, scene bonus gratuite e notifiche riguardo a nuove pubblicazioni!

https://subscribepage.com/reneeroseit

CAPITOLO UNO

K ailani
Se non fossi riuscita a sfuggire ai miei carcerieri prima dell'asta di domani, sarei morta.

«Faremo una fortuna. Posso già sentire gli stein.» La risata burbera del custode mi fece irrigidire i muscoli. Agitò le mani a sei dita come per smuovere monete scintillanti.

Mi si strinse lo stomaco.

«Possiamo pretendere qualsiasi cifra. Gli ocreziani cercano disperatamente di decodificare le sue proprietà antivirali per eliminare le malattie dalle loro schiave umane.» Il sorvegliante ridacchiò, un versetto che non si adattava al suo corpo grosso e verrucoso. «Possiamo andare in pensione.»

«Abbiamo il bene più prezioso della galassia.»

I due kraa si guardarono da un capo all'altro del tavolo malconcio; nonostante le loro battute vanagloriose e la pelle verde di entrambi, era ovvio che non si fidassero l'uno dell'altro. La loro alleanza era forgiata sull'avidità e sulla disperazione, e io ero lo sfortunato oggetto che intendevano vendere all'asta.

Mi tirai indietro dallo spioncino in alto nel muro della

1

mia cella e camminai come un ragno lungo i muri di cemento affondando le dita delle mani e dei piedi nudi contro le crepe nella struttura ruvida. I muscoli e tendini biopotenziati mi permettevano di arrampicarmi su superfici che non erano scalabili dagli esseri umani normali.

Quando mi ritrovai a un metro da terra, mi girai e saltai silenziosamente sul pavimento di terra battuta, atterrando senza sforzo, con la punta delle dita della mano sinistra che sfioravano appena la terra. I miei riccioli oscillarono e ondeggiarono attorno alle spalle.

La cella era nera come la pece, ma i miei occhi erano stati migliorati attraverso una procedura particolarmente dolorosa diversi cicli solari fa, quindi i nuovi bastoncelli e coni potevano individuare anche le più deboli tracce di luce. «Proprio come un animale selvatico» mi aveva descritta con orgoglio il direttore medico mentre venivo mostrata a un gruppo segreto di politici di kraa.

Camminai per la stanza con passi silenziosi. Gli ocreziani erano noti per essere brutali nei confronti delle loro schiave umane ed erano ansiosi di trovare modi per farle lavorare più duramente, più a lungo e più velocemente. Quello che intendeva il sorvegliante con l'eufemismo di ingegneria inversa: gli ocreziani avrebbero fatto esperimenti su di me per valutare la mia funzionalità umana potenziata, quindi mi avrebbero vivisezionata.

Se fossi finita sotto la loro custodia, il resto della mia breve vita non sarebbe stato bello. Non che fosse sorprendente in questo momento…

Respirai profondamente per respingere il panico, dentro e fuori, finché il mio battito cardiaco non divenne lento e regolare.

«Puoi farcela» recitai il mantra nella mia testa. «Non esiste nulla di irraggiungibile per chi ha coraggio.»

Un'altra schiava umana, uno dei primi prototipi fatti per

arrivare a me, me lo aveva sussurrato un giorno durante una lezione. Questo era successo prima della sua morte sul tavolo operatorio dei kraa.

Aveva detto che era un'antica frase umana pronunciata da un re selvaggio e vittorioso e che fin dalle origini avevamo avuto antenati potenti che non si erano mai arresi. Mi aveva esortata a dirlo a ogni essere umano che avessi mai trovato.

Sentii il borbottio della conversazione che continuava, quindi mi arrampicai di nuovo sul muro per sbirciare attraverso il piccolo spazio tra le travi di metallo.

I miei proprietari se ne stavano insieme davanti alla porta, la luce gialla rendeva la loro pelle giallastra e accentuava le eruzioni butterate sui loro volti. Avrebbero potuto essere gli ultimi kraa vivi in questa galassia, ma in questo momento non importava se ce n'erano due o due milioni: finché rimanevo imprigionata sotto la loro custodia, non avevo futuro.

«Hai la scorta della sua medicina?» Gli occhi del supervisore guizzarono per la stanza. «Senza, gli acquirenti non pagherebbero i prezzi più alti.»

«Certo che ce l'ho.» Il custode era irritato. «Ma non è necessario che tu sappia dove.» Ridacchiò. «Non preoccuparti di cercarla. Non la troverai.» Gonfiò il petto, una tipica dimostrazione di potere di Kraa.

«Tieni il farmaco per il tramonto.» Il volto del supervisore passò da frustrato a neutrale. «Senza, sarà incapace. Glielo daremo mentre è ammanettata all'asta, così gli acquirenti potranno vedere che è funzionante.»

«Concordo.» Il custode rise. «Lasciala soffrire stanotte. La renderà più malleabile.» Lasciarono la stanza e la porta si chiuse dietro di loro.

Sospettavo che lo avrebbero fatto, eppure l'esplosione di ansia che inondò il mio corpo fu quasi insopportabile.

Questa volta riuscii a malapena a raggiungere il pavimento e mi rannicchiai sul duro lettino.

Questa cella poteva anche essere imperfetta, ma era abbastanza resistente da tenermi prigioniera, anche con la mia forza potenziata. Non c'era modo di poter scavare un tunnel o sfondare le spesse mura, soprattutto non una volta che iniziava l'emicrania paralizzante.

Stava già iniziando a pulsare dietro ai miei occhi, rivoli di sensazioni mi scorrevano come acqua ghiacciata attraverso il cranio. Presto mi sarei contorta dal dolore, accecata dall'agonia. Mi avevano progettata in questo modo, per dipendere dalla medicina, e senza di essa non potevo sopravvivere.

«Non esiste nulla di irraggiungibile» dissi. Avevo circa quindici minuti prima che colpisse e avrei usato ogni singolo secondo per riformulare il mio piano di fuga.

Mi avevano progettata, ma non controllavano la mia mente. E avrei preferito morire durante un tentativo di fuga fallito piuttosto che diventare una proprietà di Ocrezia.

Contavo il tempo anche mentre pensavo, i miei neuroni facevano gli straordinari. Strinsi le dita e fissai il buio. «Non esiste nulla…»

E poi un'ondata di dolore mi travolse e mi oscurai.

* * *

KHRYS

«Ho sentito cosa è successo.» Arnie, il guerriero zandiano accanto a me, scosse la testa. «Non vorrei essere al tuo posto quando parlerai con re Zander.» Si passò il braccio sulla fronte liscia e viola. Una delle sue antenne era stata rotta durante la guerra per riconquistare il nostro pianeta e pendeva a sinistra. «Soprattutto per quello che sta succedendo ai figli del re… e a tutti i mezzosangue del pianeta che si sono ammalati. Non avrà alcuna pazienza per gli errori.»

Deglutii. Era vero: una malattia aveva colpito la maggior parte dei piccoli di Zandia: tutti i mezzosangue erano malati e, nonostante il lavoro del dottor Daneth e di tutti i medici, non era stata ancora trovata una cura. Ogni essere sul pianeta era nervoso al riguardo. Il pensiero che la nostra popolazione già quasi estinta perdesse la sua nuova generazione era devastante.

Kazo.

Lo guardai in cagnesco. «È stato un incidente.» La mia voce era brusca. Già non sopportavo me stesso per la distruzione della navicella zandiana mentre i tirocinanti erano sotto il mio controllo. Di sicuro non avevo alcuna *kazo* di intenzione di rispondere a questo idiota a riguardo. Non quando stavo per affrontare il re in persona.

La verità era che si era trattato di un incidente che si sarebbe potuto evitare se non mi fossi bloccato.

«Non è il primo incidente sotto il tuo controllo.» Mi guardò. «Forse è ora che tu trovi una nuova posizione.»

«Levati dal *kazo*.»

«Senza offesa.» Scosse la testa. «Ma sarebbe per il bene di ogni essere. Pensa al danno arrecato alla fiducia dei tirocinanti che sono stati coinvolti. Il tuo compito è fornire loro successi, non fallimenti.»

Chiusi i pugni e lasciai Arnie senza rispondere.

«Non è stata colpa tua» gridò alle mie spalle. «Quello che è successo a tuo fratello. Ma questo sì. Devi tenere la testa a posto, guerriero.»

Avrei voluto ucciderlo per aver menzionato Kyl, mio fratello minore, morto durante la battaglia per riconquistare Zandia.

Era stata colpa mia. Ero io a comandare Kyl e, se avessi fatto un lavoro migliore, adesso sarebbe ancora vivo.

Digrignando i denti, mi diressi verso la dimora reale, spolverando la tunica e raddrizzando la spada mentre entravo nel palazzo. Feci un cenno alle guardie alla porta. Meglio farla finita.

ASPETTAI FUORI dalla sala del trono finché non mi chiamarono.

«Mio Signore.» Abbassai gli occhi e alzai il braccio facendo un angolo di novanta gradi nel tradizionale saluto zandiano, mostrando la mia deferenza e ammirazione per il nostro impavido sovrano zandiano. Quando risollevai lo sguardo, vidi che il volto del re sembrava più vecchio. Era invecchiato negli ultimi sei cicli lunari, da quando l'epidemia aveva colpito per la prima volta la nostra popolazione umana. Si diceva che sua figlia, la principessa Kaylar, stesse lottando per la vita contro il virus Z4-A. Gli umani adulti erano stati per lo più in grado di gestire il virus, ma era la nostra popolazione mezzosangue ad essere stata duramente colpita.

«Capitano Khrys.» La voce di re Zander era acuta e seria. «Cosa è successo?»

Alzai lo sguardo e mi schiarii la gola.

Kazo.

La mia specie era nota per essere stoica e forte. Guidata dalla logica e non dall'emozione. Almeno finché non entravamo in contatto con una femmina umana, o comunque così dicevano le storie.

Ma dalla morte di Kyl, ero costantemente tormentato dai dubbi. Le mie decisioni erano diventate meno logiche e più impulsive, a volte con risultati devastanti.

«Si è verificato un problema con le impostazioni di navigazione. Ho lasciato che il mio nuovo tirocinante si occupasse dell'atterraggio da solo. Stamattina ha inserito i numeri durante il giro di prova. Avrei dovuto ricontrollarli, ma volevo dimostrare la mia fiducia nelle sue capacità. Sfortunatamente, le sue coordinate erano errate e abbiamo sfiorato il carrello di atterraggio del velivolo.»

«Per sfiorato intendi schiacciato?» Il re alzò la fronte verso di me, con voce severa.

«Sì, mio signore.» Sussultai, pensando al terribile stridore del metallo, ai danni provocati dal fumo e, peggio ancora, al fatto che l'equipaggio era stato, per quanto per breve tempo, in pericolo. «Le riparazioni sono in corso e saremo pronti per i test domani.»

Il re strinse le labbra. «Questo è il secondo incidente di questa natura sotto il tuo comando.»

«Sì, mio Signore.» Chinai la testa. *Kazo.* «Non accadrà più.»

Ci fu silenzio per diversi secondi.

«No, non accadrà più.» Il re alzò la mano e gesticolò. «Ti sostituirò come comandante dell'addestramento della navicella spaziale.»

Le sue parole mi colpirono come un pugno allo stomaco. «Ma mio signore...» mi interruppi. Uno zandiano non contraddiceva né discuteva con il suo re.

«La squadra ha perso fiducia in te.» La voce di Zander era calma, ma mi fece venire i brividi. «Riesci a pensare a una buona ragione per cui non dovrei rimuoverti dall'incarico?»

Nella mia mente, rividi le grida dell'equipaggio e poi la loro rapida risposta. Fortunatamente, l'incidente – mentre procedevano – era stato minore rispetto a quello che sarebbe potuto accadere. Ma non mi erano sfuggite le espressioni sui loro volti dopo.

Sbattei le palpebre e incontrai il suo sguardo. La mia voce era impastata. «No. Non posso.»

«Il capitano Rhob prenderà il comando, con effetto immediato. Passerai il tempo che sarà necessario ad addestrarlo. Poi ti troveremo una posizione che meglio si adatta ai tuoi talenti.»

«Inteso.» Mantenni un'espressione impassibile, ma fiamme di vergogna e rimorso mi lambivano la pelle.

Il re mi guardò. «Non abbiamo tempo per le tue deviazioni dal protocollo, Khrys.»

«Sì, mio Signore. Farò meglio.»

«Fai in modo di farlo.» Mi guardò per un secondo. «Puoi andare.» Si rivolse al suo assistente, forse perché era veramente occupato oppure per darmi una lezione sul mio posto nei suoi confronti, che era chiaramente il più basso in cui poteva cadere uno zandiano.

Uscii dall'edificio, maledicendo la mia impulsività. «*Kazo, kazo, kazo!*» Mi fermai e presi a pugni un albero, lacerando la pelle viola delle mie nocche e facendo sgorgare rivoli di sangue. «Che *kazo.*»

L'onore era tutto per un guerriero zandiano, e io avevo perso ciò che restava del mio.

Mi asciugai il sangue sulla tunica e guardai il sole al tramonto. La mano mi pulsava e accolsi con piacere il dolore. Avrei dovuto tagliarmi il mio *kazo* di braccio per darmi una lezione sull'essere uno stupido idiota.

«Stai bene?» Il mio amico Gabin era a pochi metri di distanza, forse cauto nell'avvicinarsi a me in uno stato così selvaggio e imprevedibile.

Non lo guardai. «Hai saputo.»

«Sì.» Si spostò. Sentii lo scricchiolio della ghiaia sotto i suoi stivali. «L'equipaggio ti perdonerà. Lo ha già fatto.»

«Re Zander mi ha riassegnato.»

«Oh.» Si avvicinò. «Capisco.» Fece una pausa. «C'è un modo in cui possiamo farlo diventare un cambiamento positivo per te?»

«Sì. È una cosa grandiosa quando un capitano addestratore esperto viene rimosso dal servizio. Dovremmo fare una festa. Festeggiare la mia caduta in disgrazia.» Lo guardai in cagnesco. Un tempo il sarcasmo mi sarebbe stato estraneo, ma ora che c'erano umani su Zandia, avevo imparato la tecnica.

Rispose con un tono di rimprovero. «Forse quel lavoro non era perfetto.»

«Uno zandiano fa il lavoro che gli viene assegnato e lo ama perché serve Zandia,» dissi con tono rigido. «Mio padre voleva che fossi capitano addestratore per tutta la vita, come lo era lui. Ha sacrificato tutto per coinvolgermi e poi è morto salvandomi la vita durante le incursioni. Zandia ha dedicato molto tempo e impegno alla mia formazione.»

«Lo so.» Si avvicinò.

«Ho tradito la memoria di mio padre. Deluso i miei compagni zandiani.»

Gabin restò accanto a me per un secondo e nessuno dei due parlò.

Sospirai. «Devo andare a pulirmi.» Guardai la mia mano. «Poi parlerò con…» l'ologramma del mio polso lampeggiò in verde con un messaggio in arrivo dal… «Il capitano Rhob. È ansioso di iniziare.»

Gabin mi diede una pacca sulla spalla. «Khrys, sei un bravo zandiano. Troverai il tuo posto.»

Aveva buone intenzioni. Ma le parole mi affondarono nel profondo delle viscere come un coltello smussato perché non fecero altro che cementare nella mia mente ciò che io e ogni essere sapevamo: non ero adatto.

«Ti saluto» sbottai e me ne andai. Non avevo l'energia per mostrare apprezzamento per il suo sostegno.

Tornato a casa, mi lavai le dita e applicai l'unguento curativo creato da una delle umane che lavoravano con il dottor Daneth, e in pochi secondi le mie ferite si rimarginarono.

L'ologramma lampeggiò di nuovo: *kazo*, il capitano Rhob. Naturalmente, mi rimproverai, se avessi avuto tanto entusiasmo per il lavoro, probabilmente non mi sarei trovato in questa situazione straziante di dover formare il mio sostituto. Era colpa mia se non avevo applicato la giusta attenzione alla supervisione dei miei tirocinanti. Non sapevo perché non riuscivo a rimanere tutto d'un pezzo quando ero con gli apprendisti: conoscevo le regole; *kazo*, le avevo scritte io!

Scossi la testa. Beh, immaginavo di non dovermi più preoccupare di questo visto che ero stato retrocesso.

Prima di connettermi con Rhob, guardai il monitor del mio tablet, controllando le ricerche che avevano occupato la mia mente ieri sera e avevano riempito i miei pensieri stamattina prima della sfortunata manovra. Era l'immagine di una schiava che presto sarebbe stata messa all'asta; l'avevo trovata cercando nei canali nascosti dello streaming olografico.

La femmina umana che mi guardava dallo schermo era meravigliosa. Lunghi riccioli neri, occhi del colore delle cascate della grotta blu e pelle come un frutto Chari, addirittura marrone dorato, era una delle creature più mozzafiato che avessi mai visto.

Ma non era il suo aspetto a catturarmi.

«Femmina umana, età 28 cicli solari. Bioabilità migliorate» si leggeva nel dossier. «La forza muscolare è 1,75 volte quella della più forte delle femmine umane. Abilità di visione notturna. Resistenza polmonare X 12. Reazione muscolare a contrazione rapida 8 volte più forte del miglior essere umano mai registrato. Gli anticorpi del sangue geneticamente modificato resistono a tutti i virus umani conosciuti. Altri dettagli riservati agli acquirenti seri.»

Gli anticorpi del sangue geneticamente modificato resistono a tutti i virus umani conosciuti.

Questa era stata la parte che aveva attirato la mia attenzione. E se questo essere umano appositamente progettato contenesse la soluzione all'epidemia Z4-A nelle sue cellule?

Il prezzo indicato mi fece fischiare e scuotere la testa: era una fortuna. Ci si sarebbe potuti comprare un pianeta con tutti quegli stein. Mi venne in mente che forse i proprietari intendevano fare proprio questo.

Lo sguardo dell'umana era forte e quasi arrabbiato. Poteva anche essere prigioniera, ma c'era qualcosa nella sua espressione che parlava di una forza che poteva sopravvivere alla prigionia, a meno che non stessi immaginando quello che volevo vedere.

E quello che vedevo nella sua foto era la libertà: la mia libertà così come la sua. Ieri sera era stata solo un'idea folle. Questa rotazione del pianeta era diventata la mia unica possibilità.

Se fossi riuscito a procurare quest'umana per Zandia e se il suo corpo avesse contenuto le risposte all'epidemia che affliggeva la nostra nuova generazione, il mio onore sarebbe stato ripristinato. Invece di essere quello che aveva *fottuto* tutto, sarei stato il guerriero coraggioso che aveva cercato una soluzione a un problema terribile.

Noi zandiani ci riproducevamo con femmine umane poiché la maggior parte delle nostre femmine erano morte da tempo. Se avessi potuto portare qui quest'umana e darla al dottor Daneth, lui avrebbe potuto capire cosa era stato fatto per renderla immune alle malattie umane.

Speravo di ottenerla come lavoro secondario; sembrava un buon modo per soddisfare il vuoto nel profondo del mio intimo. Certo, non che il mio lavoro principale non fosse… non fosse… perfettamente soddisfacente. Come avevo detto a Gabin, gli zandiani erano grati per qualsiasi lavoro gli venisse assegnato. Era solo che… volevo dare un contributo a Zandia e avevo perso il contatto con l'addestramento.

L'ologramma al mio polso lampeggiò una terza volta e chiusi l'immagine sul tablet.

«Rhob.» Risposi con tono burbero mentre mi connettevo

con il mio collega. «Ci vediamo alla Cupola tra dieci minuti. Inizieremo il download delle informazioni.»

Presi l'altro tablet, quello da lavoro che conteneva i dati della simulazione di volo e le informazioni sul modulo di addestramento.

Mentre lasciavo il mio domicilio e mi dirigevo verso l'area di volo, continuai a immaginare gli straordinari occhi azzurri dell'umana. La forma del suo mento. La forza nelle sue spalle. Quelle fragili dita umane, grandi la metà di quelle delle mani zandiane. E anche se sapevo che l'avrei presa per il bene di Zandia, non come compagna, parte del mio corpo non poteva fare a meno di reagire alla sua bellezza.

È per Zandia, ricordai a me stesso. *Non per te. Non eccitarti troppo.*

Avrei dovuto chiedere al re il permesso di andare a prenderla per Zandia. Ma considerando quello che era successo durante la rotazione del pianeta, dubitavo che si sarebbe fidato di me.

Quindi... avrei potuto andarmene senza permesso. Senza informare nessuno del mio piano. Potevo usare un cristallo zandiano preso in prestito per tentare di comprare la femmina. Meglio chiedere perdono che chiedere il permesso in questo caso.

SÌ. Dovevo farlo funzionare. Era la migliore occasione per riconquistare il mio onore e dimostrare che ero degno di servire il mio pianeta.

CAPITOLO DUE

ailani

K La stanza mi nuotava intorno. L'odore del sudore, sia umano che alieno, mi riempiva le narici assalendo il mio stomaco già in subbuglio. Conficcai le unghie nei palmi delle mie mani legate mentre inciampavo sul pavimento di pietra lucida del centro commerciale.

Avevo sentito parlare di questo posto. Era un epicentro di fascia alta per il gioco d'azzardo, le aste – soprattutto di cose illegali da commerciare su altri pianeti – e la distribuzione. Il custode e il sorvegliante non mi avevano ancora dato la medicina per far passare l'emicrania. Faceva parte del controllo su di me. Non avrebbero rischiato che fuggissi mentre mi trasportavano.

Riuscivo a malapena a vedere: la luce sembrava troppo intensa. Mi penetrava nel cervello come un raggio laser. Mi portarono in un'area recintata e mi sistemarono su una pedana di marmo.

Il custode mi tolse i vestiti e mi tirò i polsi legati sopra alla testa, da dove li attaccò a un gancio troppo alto. Mi tirò su in punta di piedi.

Strinse uno dei miei seni sollevati con un grugnito di approvazione. «Gli piacerà» mormorò. I kraa non erano interessati a me sessualmente, quindi questa aggressione era la prima del genere, ma se non fossi uscita di qui, non sarebbe stata l'ultima. Che poi non sarei stata venduta come schiava del sesso. No, sarebbe stata persino una benedizione dopo la vita che avevo avuto. Mi avrebbero venduta come una stranezza medica da sottoporre a test e da vivisezionare.

Mi fece girare per esaminarmi il fondoschiena. Mi diede un paio di schiaffi sul sedere, non in modo punitivo, più come se lo volesse vedere tremare.

«Ti prego, padrone. La mia medicina» implorai. Non stavo nemmeno fingendo. Mi sarei davvero prostrata ai suoi piedi anche solo per un po' della medicina che mi serviva per farmi passare il mal di testa.

Tirò fuori la fiala, la stappò e mi fece cadere due gocce in bocca, metà della dose.

Gemetti, il mio corpo tremò. Mi aggrappai ai polsi legati e chiusi gli occhi, aspettando che facesse effetto.

«Quanto per l'umana?» Sentii chiedere da una voce profonda.

«Oh, prenderà più di tutte le schiave messe insieme qui», si vantò il sorvegliante.

«È stata geneticamente modificata. È più forte e più resistente della maggior parte degli umani. Capace di lavorare cinque volte più duramente di una schiava umana media. Immune anche alle malattie.»

«Un padrone di schiavi non dovrebbe desiderare che la sua schiava sia debole? Più facile da controllare?» chiese il maschio. C'era una nota ingannevolmente casuale nelle sue parole accentate che mi fece schioccare le palpebre per dare un'occhiata.

Non era un ocreziano e nemmeno un kraa. Non sapevo di che specie fosse: non avevo mai visto uno come lui. Era più grande del kraa, con la pelle viola, antenne tozze sulla sommità della testa e spalle larghe. Portava una spada alla cintura. Era una specie di guerriero.

«Non per la tua specie» schernì il custode. «Inoltre, ha bisogno di una dose di medicinale due volte al giorno. Questo bisogno la mantiene estremamente obbediente.»

Digrignai i denti al suo sorriso sgradevole.

Il guerriero vestito di bianco mi osservò con apparente disinteresse, ma per qualche motivo avevo la sensazione che stesse recitando.

«Posso avvicinarmi a lei?» chiese lui. C'era una qualità regale nella sua voce, come se fosse abituato a essere al comando.

Stranamente, lo trovai emozionante. O forse era solo che la medicina stava iniziando a fare effetto e ora riuscivo a vederlo più chiaramente. Era bellissimo: mascella squadrata, pelle liscia e senza peli, caldi occhi castani.

Mi aspettai che mi stringesse il seno, come aveva fatto il custode, invece mi mise una nocca sotto il mento e lo spinse verso l'alto, girandomi il viso da una parte all'altra per esaminarmi. «Ha bisogno di questa medicina adesso?»

Il mio cuore accelerò, lo aveva notato. Non avevo mai avuto padroni che notassero o si preoccupassero di queste cose prima, se non per torturarmi. E forse era quello che avrebbe voluto fare anche questo maschio, ma per qualche ragione, mi ritrovai a chiedermi come sarebbe stato avere un maschio così forte e virile come padrone.

Avrebbe utilizzato il mio corpo per cose diverse dal duro lavoro?

Sarebbe stato gentile? Si sarebbe preso cura dei miei bisogni come nessuno aveva mai fatto prima?

Ma era ridicolo.

Non sarei rimasta qui per essere la schiava di qualche alieno con le antenne.

Avevo intenzione di scappare. Di raggiungere Jesel dove dicevano che gli umani vivano liberi.

«Le è stata somministrata mezza dose, quindi si presenta bene» disse il sorvegliante.

«Perché non una dose intera?» chiese il guerriero viola. Mi passò il pollice sul labbro inferiore.

Sorpresa dal tocco inaspettatamente piacevole, aprii le labbra e incontrai il suo sguardo.

«Abbiamo scoperto che mantenerla bisognosa garantisce che si comporti bene» disse con tono serico il custode.

«Sembra malaticcia» ribatté il maschio. «Come faccio a sapere che non stai effettivamente cercando di sbarazzarti di un essere umano malato con capacità limitate?»

«Abbiamo video olografici che la mostrano in azione.» Il custode aprì un piccolo dispositivo. Su di esso mi vidi sollevare, saltare.

«Potrebbe essere falso.» Il guerriero strinse gli occhi. «Riesce a malapena a stare in piedi.»

Il sorvegliante si avvicinò, la verruca sul naso leporino si contrasse. «Dalle il resto.» Fece un cenno con la mano al custode, che alzò le spalle e tirò fuori la fiala.

Bene. Stava andando meglio del previsto. Avrei festeggiato di più se non avessi sospettato che il maschio con le antenne li avesse semplicemente manipolati per farlo. Il che mi portò a chiedermi quale fosse il suo punto di vista.

Mi girai verso il custode, camminando in punta di piedi per cercare di avvicinarmi. Il mio capezzolo sinistro sfiorò la tunica bianca del maschio dalla pelle viola. Non si tirò indietro. Abbassò gli occhi sui capezzoli, che si strinsero in boccioli rigidi, come se si pavoneggiassero sotto il suo sguardo.

Posò leggermente la mano sulla mia vita, e le sue antenne si ingrossarono e si inclinarono nella mia direzione.

Se non fossi stata così disperata dal bisogno di prendere il resto della dose, avrei assaporato il fatto che l'attrazione tra noi era reciproca.

Non che mi interessassero queste cose, visto che stavo per scappare.

Aprii la bocca come un cucciolo di animale domestico, facendo forza contro i legacci per non perdere una sola goccia. Il custode me la fece gocciolare sulla lingua e sentii la gola attivarsi mentre deglutivo.

«Eri abbastanza disperata dal bisogno di questa, vero, piccola umana?» Lo sguardo pensieroso dello straniero con le antenne si posò sul mio viso. Sembrava quasi affascinato da me. Per la prima volta nella mia vita, mi chiesi, per un attimo, se fossi bella da guardare.

In tutti questi anni ero stata allevata e modificata per essere più forte e più resistente ai danni. Il mio aspetto non faceva parte dei miglioramenti di Kraa. Ma dal modo in cui il guerriero mi guardava, sembrava quasi che mi trovasse... attraente.

Alzò la voce per parlare al sorvegliante ma non si allontanò da me. «E quanto costa questa sua medicina? Questo è sicuramente un fattore da considerare, non è vero?» Stava mercanteggiando per me come se non fossi altro che l'oggetto che ero sempre stata per i miei padroni, eppure la sua ferma considerazione ne attenuava il dolore.

Era come se mi vedesse davvero.

Me, non le mie capacità. Non quello che potevo fare o quello per cui ero utile.

«Verrà venduta con la fornitura di un ciclo lunare. Dopodiché, la medicina può essere acquistata da noi, oppure, a un prezzo più alto, la formulazione e gli ingredienti possono essere acquistati affinché il nuovo proprietario possa preparare personalmente l'elisir.»

Il guerriero lo schernì. «Ho chiesto il prezzo.»

«Cinquanta stein per la fornitura di un ciclo lunare.»

Cinquanta stein.

Dolce Madre Terra, come sarei sopravvissuta? Non avrei potuto pagarlo. Né avrei potuto semplicemente ordinarlo ai kraa dopo la mia fuga. Mi avrebbero dato la caccia. E la condanna per gli schiavi fuggitivi in questa galassia era la morte.

Avrei solo dovuto imparare a convivere con il mal di testa. Ma anche il solo pensiero mi fece riaffiorare un dolore lancinante dietro gli occhi e mi fece rivoltare lo stomaco.

«Dov'è questa fornitura per un mese con cui dici che verrà venduta?» chiese il guerriero.

Sì dove? Sembrava quasi che stesse cercando di aiutarmi a scappare. Osservai lo sguardo del sorvegliante che si diresse verso il tavolo e sotto di esso vidi la custodia imbottita in cui tenevano le fiale delle mie medicine.

La fornitura di un ciclo lunare. Sarebbe potuta bastare. Forse potevo semplicemente prendere microdosi e abituarmi alle emicranie. Quindi ora non mi restava che strisciare lungo questo muro per sganciare le mani (avrebbe dovuto essere facile), poi prendere la medicina e scappare.

Non era eccezionale come piano, ma avrei scoperto il resto man mano che procedevo. Una distrazione era ciò di cui avevo veramente bisogno. Qualcosa che mi desse un vantaggio.

Dal palco arrivò un annuncio amplificato. L'asta stava per iniziare.

«Allontanati da lei» sbottò il sorvegliante, notando la mano del guerriero ancora appoggiata sulla mia vita. La fece scivolare giù fino alla parte superiore delle mie natiche prima di allontanarla lentamente, le sue dita mi sfiorarono la pelle come se non volesse smettere di toccarmi.

Mi venne la pelle d'oca sulle braccia e la pelle mi pizzicò dove era passata la sua mano. Registrai la perdita della sua vicinanza con un po' di panico. Ma questo non aveva senso.

L'unico panico che avrei dovuto avere riguardava il fatto di dover uscire da questo posto. Fece un passo indietro fuori dall'area transennata e incrociò le braccia sul petto massiccio, tenendomi sottilmente nel suo campo visivo mentre inclinava il corpo verso il palco.

Il custode mi sollevò i polsi legati dalla corda e mi strinse con una mano la parte superiore del braccio, pizzicandomi la pelle mentre mi trascinava rudemente verso il palco. Dolce Madre Terra, questa era probabilmente la mia unica possibilità.

Quasi mi aspettavo che il guerriero viola e con le antenne mi seguisse e facesse un'offerta. Certo, non sarei stata delusa che non lo facesse. Non sarei comunque uscita di qui con un nuovo padrone. No, se potevo evitarlo.

Restammo dietro il palco, aspettando in coda per salire. Mi girai involontariamente, cercando il guerriero viola, ma se n'era andato.

E fu allora che mi misi in azione. Mi girai e rigirai, usando tutte le tecniche di combattimento che stupidamente mi avevano insegnato, e in pochi secondi fui libera. E fu allora che le luci artificiali si spensero.

* * *

Khrys

Dopo aver tolto la corrente, presi la valigetta medica da sotto il tavolo del kraa. Gli zandiani vedevano meglio al buio rispetto alla maggior parte delle specie, ma non potevo contare sul fatto di essere l'unico che poteva vedere.

Tuttavia, non riuscii a localizzare la femmina. Non era con il suo padrone kraa. Questa parte non mi sorprese. Aveva l'aspetto determinato di una guerriera in procinto di dichiarare guerra. Ero sicuro all'ottanta per cento che avrebbe tentato di scappare.

Ecco perché avevo spento le luci: per offrirle almeno un elemento di distrazione, se non il mezzo.

Mi ero anche assicurato che ricevesse la dose completa di medicinale. Quei bastardi kraa avevano abusato della povera umana: questo era ovvio. Se avessi avuto il tempo, li avrei fatti soffrire per come l'avevano trattata, ma non lo feci.

Dovevo trovare la sovrumana e convincerla a venire con me.

Il che non avrebbe dovuto essere troppo difficile, considerando che avevo la medicina di cui aveva bisogno.

Eccola. Vidi una figura oscura che si muoveva lungo il muro in modo decisamente disumano.

Affascinante.

Si stava dirigendo direttamente verso i suoi padroni kraa: senza dubbio stava cercando la medicina.

Trovai la strada per raggiungerla e le afferrai una caviglia, dandole uno strattone deciso, così cadde tra le mie braccia. Aveva un profumo dolce, come il frutto zuccherino e la luce delle stelle zandiane. Lottò contro la mia presa, colpendomi in faccia con il palmo della mano.

«Ho la medicina» le dissi.

Restò ferma.

Me la girai sulla spalla, così da trasportarla più facilmente. «Verrai via con me.»

CAPITOLO TRE

Kailani

Le sue parole mi stordirono al punto da farmi rimanere in silenzio. Registrai a malapena il tocco della sua mano potente sulla pelle nuda delle mie gambe, il modo in cui il mio corpo premeva contro quello più potente. Si mosse deliberatamente nell'oscurità. Intorno a noi risuonavano grida di confusione e ordini.

«Chi sei?» sussurrai rauca. Ruotai il busto per guardarmi intorno. «Mettimi giù.»

Regolò la presa sul mio corpo e mi diede una pacca sul sedere nudo con la mano libera, con forza. «No, mia meravigliosa piccola guerriera. Sei mia ora.»

Ero stata danneggiata e maltrattata oltre ogni immaginazione dai miei proprietari kraa, ma la sculacciata di questo guerriero viola era diversa. Mi mandò formicolii nella pancia e mi fece indurire i capezzoli. Lo stesso valeva per la sua voce profonda e vellutata. In qualche modo mi aggrappai alla parte del *meravigliosa piccola guerriera* piuttosto che alla sua affermazione di proprietà, la parte di cui avrei dovuto preoccuparmi.

Bloccai quei pensieri e mi concentrai. «Ti pagherò per liberarmi. Possiamo metterci d'accordo.» Seguendo l'istinto, feci scivolare la mano lungo la sua schiena e gli accarezzai la natica. Non ero mai stata usata come schiava del piacere, ma il movimento fu quasi naturale. Le mie dita indugiarono. Stelle, il suo corpo era piacevole al tatto.

Rise subito. «Lo faremo. E sono io a stabilire i termini, piccola guerriera.» Mi riprese di nuovo e mi diede un'altra sculacciata decisa che arrivò dritta alle mie parti femminili. «Non mettermi alla prova.»

Sbattei le palpebre una volta e i rimasugli del mio mal di testa scomparvero. La mia mente correva. Una volta raggiunta l'uscita dell'asta, lo avrei attaccato usando il mio pugno potente e rapido, avrei rubato la medicina e qualunque bene avesse. O meglio ancora: avrei preso la sua navicella. Non ero mai stata addestrata a pilotarne una, ma avevo avuto degli upgrade cerebrali che mi permettevano di imparare dieci volte più velocemente della maggior parte degli umani. Era fortissimo, ma dovevo sconfiggerlo: era la mia unica possibilità di libertà.

«Kazo.» La sua voce era bassa e urgente. Il suo corpo si irrigidì. «Stanno bloccando l'uscita.»

«Problema più grande.» I miei occhi, abituatisi rapidamente all'oscurità, avevano trovato una minaccia più urgente. «Dietro di noi, a circa cinquanta passi, in rapido avvicinamento. Due ocreziani con pistole laser.» Feci i calcoli. «Ci raggiungeranno tra dieci secondi. Hanno delle cuffie per la visione notturna.»

Il mio corpo si riempì di adrenalina. «Mettimi giù: sono addestrata per questo.»

Una risata dura. «Tu? Una schiava umana a cui è stato insegnato a combattere?»

«Sì. Ma non abbiamo tempo per discuterne.» Gli risposi bruscamente. All'inizio, i kraa mi avevano sottoposto a simulazioni di attacchi olografici per testare i miei riflessi. «Combattiamo insieme, o moriremo entrambi.»

Per un momento dolorosamente lungo, esitò. Poi mi mise in piedi, con la testa che mi girava mentre il sangue mi scorreva lungo le membra.

«Vai» sbottò. «Ora.»

Non avevo bisogno di incoraggiamento. Mi accovacciai e saltai, girando il lato del piede, così che l'osso del tallone sfondasse il naso dell'ocreziano più vicino. Replicai immediatamente la mossa; questa volta, la pelle del suo viso era già gonfia e il mio piede sguisciò via per il sangue. Il suo grido di dolore e paura calmò i miei nervi scossi, e lui cadde nel buio, un inutile ammasso di carne. Il secondo fu più facile da abbattere; la sorpresa lo fece restare fermo a fissarmi mentre gli rompevo la trachea.

«I miei sono giù. Sono pronta» sussurrai, con la voce roca per l'adrenalina.

Alle mie spalle, il guerriero viola grugnì. Il clangore dell'acciaio contro il metallo mi disse che aveva sfoderato il suo malvagio pugnale dalla cintura e stava combattendo con una guardia; gli strilli inorriditi furono una gradita notifica che i suoi aggressori erano stati sconfitti.

Respirava a fatica mentre mi slanciavo al suo fianco. «Vieni.» Mi afferrò il braccio. «Al mio segnale, corriamo.»

Non discussi perché le apparecchiature in alto quasi gemettero, e poi le luci iniziarono a tremolare. Era tornata la corrente.

«Andiamo!» Mi tirò e all'improvviso corremmo, mano nella mano, verso la porta. Era veloce, così rapido che riuscivo a malapena a tenere il passo, quindi mi concentrai ed evocai i miei poteri esplosivi, le mie riserve di energia in eccesso che mi permettevano di spingere il mio corpo umano più forte di quanto avrebbe dovuto fare qualsiasi essere.

«*Kazo*, sei incredibile» mormorò, forse. Riuscivo a malapena a sentire il ruggito della folla con il cuore che mi batteva forte nelle orecchie.

Volai, sempre più veloce: non mi ero mai mossa così. Stelle! Mi faceva stare bene. Anche nel mezzo di questo panico, c'era qualcosa di così intenso e soddisfacente per l'anima nel correre a passo veloce con qualcuno la cui velocità corrispondeva alla mia. Per un secondo, mi sentii come se noi due fossimo soli nell'universo, con i nostri corpi che si sforzavano al massimo delle loro capacità.

La stanchezza mi colpì circa trenta secondi dopo.

«Ahiii,» sussultai, i muscoli mi si bloccarono così di botto che appoggiai i piedi sulla dura terra mentre capitombolavo. Il dolore era così intenso che lo vidi ardere davanti a me, incandescente. I miei polmoni erano fusi.

«*Kazo!*» Si fermò, si piegò e mi prese in braccio. «Ci siamo quasi.»

Ero di nuovo sulle sue spalle adesso, la testa che rimbalzava mentre accelerava sull'asfalto. I nostri inseguitori si erano moltiplicati; contai almeno dodici esseri che irrompevano dalle porte della casa d'aste.

«Hanno armi» gracchiai. «Pistole laser. Lungo raggio.» Nonostante il dolore, strinsi gli occhi e valutai la traiettoria. «Spostati alla tua sinistra secondo il mio conteggio. Tre, due... adesso.»

Saltò di lato e il raggio di pura luce crepitò e sfrigolò davanti a noi, facendomi rizzare i peli del braccio mentre riscaldava l'aria con la potenza di mille fulmini.

«Ancora una volta, alla tua sinistra. Ora.» Lo afferrai per la vita per stabilizzarmi.

Questa volta, il raggio colpì un velivolo vicino, un veicolo di trasporto. L'odore del metallo bruciato mi colpì il naso mentre il fumo acre si alzava. Risuonarono grida di rabbia e paura.

«Ci siamo.» Si fermò davanti a un'elegante navicella

moderna e, in pochi secondi, mi ritrovai sul pavimento dell'astronave, in un mucchietto nudo e sgraziato, e lui era seduto a una console di controllo ad alta tecnologia. «Resta lì e non mandare tutto a farsi fottere. Possiamo morire in qualsiasi momento» ribatté.

Stavo per rispondere quando la forza gravitazionale mi colpì, spingendomi contro il muro con una pressione così immensa che i miei polmoni si svuotarono dell'aria, ed ero certa che il mio stomaco stesse toccando la mia spina dorsale.

Non riuscivo a respirare, stavo per svenire, quando all'improvviso la navicella si alleggerì e il mio corpo si rilassò su sé stesso. Emisi un lungo sibilo e succhiai ossigeno, avidamente.

Tutto il mio corpo era un relitto, pieno di tagli e contusioni, ma ero viva. Al sicuro. Lontana dai Kraa e dall'asta.

Alzai lo sguardo verso il mio salvatore. La sua liscia fronte viola era corrugata per la concentrazione e i potenti muscoli delle sue braccia si muovevano mentre toccava e sfiorava i controlli. Ero ipnotizzata dal suo viso, severo e bello; evocava sentimenti che non capivo.

Mi sforzai di sedermi. «Chi sei?» Scossi la testa. «Cosa vuoi da me?»

Terminò un'ultima manovra, poi allontanò il sedile dagli schermi e mi osservò attentamente. Le antenne viola brillarono alla luce e gli occhi si scurirono.

Poi sorrise. «Chi sono?» Alzò un sopracciglio e incrociò le braccia. «Sono Khrys. Sono un guerriero zandiano... e il tuo nuovo padrone, almeno temporaneamente.»

* * *

Khrys

. . .

ALLA PICCOLA GUERRIERA non sembrò piacere questa risposta. Si spinse in posizione seduta, sussultando. «Non appartengo a nessuno se non a me stessa.» La sua voce era altezzosa e in contrasto con la sua posizione sottomessa. Afferrò una coperta di lamina argentata dal fianco dove l'avevo gettata e se la mise sul busto e in grembo.

Contrassi la bocca in un sorriso: una sensazione insolita. «Per quanto, per...» feci finta di contare sulle dita. «Uno, due, tre minuti interi?»

Mi lanciò un'occhiataccia. «Avrei potuto scappare da sola.»

«No.» Scossi la testa. «Non senza la tua medicina. Senza il mio aiuto, probabilmente saresti di nuovo in catene. O morta.»

«Beh, senza il mio aiuto, non saresti altro che un mucchio di sostanza appiccicosa viola sul pavimento dell'asta.»

Strinsi le labbra di nuovo. «Dubito.» Mi piaceva il suo coraggio.

Alzò il mento. «E proprio in questo momento, starebbero lavando i tuoi organi fuori dalla porta con un tubo di alimentazione per far divertire tutti i parassiti.»

Soffocai un sorriso. «Forse hai avuto un ruolo minore nella mia fuga.»

«La *nostra* fuga. E se per minore intendi maggiore, allora sì. Sono d'accordo.» Strinse gli occhi e si guardò intorno nella navicella.

«Non pensarci nemmeno» la avvertii.

«Intendi a salvarti la vita di nuovo?» Appoggiò una mano per sollevarsi dal pavimento e si alzò lentamente in piedi. «Ahi.» Sussultò e lasciò cadere la copertura mentre si toccava il taglio più grande. «Oh, ahi.»

Mi alzai in un attimo e mi lanciai al suo fianco. Principalmente per impedirle di fare qualcosa di avventato, ma ero anche preoccupato per la sua salute. Poteva anche essere super-ingegnerizzata, ma era pur sempre mortale e gli umani erano molto più fragili degli zandiani. «Fammi vedere.»

«Non toccarmi.» Allontanò la mia mano dalla sua gamba.

Colsi il suo sguardo, alzando un sopracciglio severo. «Comportati bene, piccola guerriera. Farò ciò che è necessario per provvedere alla tua salute. Non combatterai con me.»

Mi si bloccò il respiro quando notai che i suoi capezzoli si erano irrigiditi all'ammonimento. Non avrei dovuto essere sorpreso. La nostra specie aveva imparato una grande compatibilità con le femmine umane grazie al loro amore per la nostra dominanza sessuale. Le si accelerò il respiro.

Mi si irrigidirono le antenne, e si inclinarono nella sua direzione. «Sono il tuo padrone adesso. Ti sottometterai e obbedirai.» *Kazo,* quelle parole mi fecero diventare duro il cazzo. Questa bellissima schiava era la mia protetta per il momento. «Ma non avere paura. Un buon padrone si prende cura del suo premio.»

E questo era davvero un premio. Bellissimo. Brillante. Incredibilmente forte e veloce. Altamente intelligente.

Avrei voluto poterla tenere per me... accoppiarmi con lei e vedere che tipo di mezzosangue avremmo potuto produrre insieme. Ma i mezzosangue erano il motivo per cui avevamo bisogno di lei. Non era adatta alla riproduzione. Era la mia offerta a Zandia per tornare nelle grazie di re Zander. Per dimostrarmi nuovamente degno dopo il mio recente fallimento.

Tenni ferma una mano sulla sua spalla sinistra e feci scorrere la destra sul polpaccio, fermandomi prima di toccare la ferita. «Ho un kit medico che può aiutare.»

«Non sono un premio... e nemmeno una merce» affermò, ma sembrava senza fiato. Le sue pupille erano dilatate e lo sguardo continuava a spaziare sul mio petto, sulle spalle e sulle braccia. «Non ho bisogno del tuo... oh. Un kit medico.

Sembra accettabile.» Le guance arrossirono e distolse lo sguardo.

Lo recuperai dal lato della postazione, applicai l'unguento e le bende e le diedi un tubo di fluido. Le mostrai come applicare il cerotto sulla parte superiore del braccio che faceva filtrare nutrimento e farmaci attraverso la pelle; avrebbe rilasciato nel tempo il giusto dosaggio, così che potesse guarire e riacquistare forza. «Questo ci aiuterà finché non torneremo a Zandia. Il dottor Daneth può assicurarsi che...»

Sussultò. «Niente dottori. Dove mi stai portando?» Alzò la voce con paura. «No, non andrò da nessuna parte con te.»

«Ah, no?» sorrisi. «Come pensi di scappare? E poi dove sei diretta esattamente?» Alzai un sopracciglio. «E come ci arriverai? Forse hai una navicella segreta in tasca... oh, ma sei nuda, giusto?» chiesi.

Ah, sì, era nuda, *kazo*. Come se non fossi profondamente consapevole di questo fatto delizioso.

Ora che eravamo al sicuro, nascosti nelle vaste distese dell'iperspazio, lontani dai nostri inseguitori e con il pilota automatico, la sua bellezza mi colpì con tutta la sua forza.

I riccioli scuri le cadevano davanti alle spalle sottili. Il corpo era magro e muscoloso, con un seno rotondo e perfetto e capezzoli rosa-marroni che mi facevano venire voglia di afferrarla e fare cose indicibili proprio qui sul pavimento del velivolo. Il mio cazzo e le antenne divennero duri e mi girai di lato per un momento per riprendere il controllo.

Quando la guardai di nuovo, aveva rimesso la coperta e se l'era avvolta attorno ricreando un abito ad hoc. La sua pelle dorata era arrossata. «Avrei potuto farcela.» Si guardò di nuovo intorno.

Stava chiaramente valutando la mia navicella anche se avevo il totale vantaggio. Avrei dovuto controllarla: probabilmente aveva già dei piani di fuga che si stavano formando nella sua bellissima testa.

«Non hai alcuna possibilità contro di me» le suggerii.

«Le mie capacità di valutazione non ti hanno forse salvato, non una ma due volte, da un'arma a lungo raggio?» Alzò le sopracciglia.

«Sei stata incredibile» ammisi.

Sbatté le palpebre come se non avesse mai ricevuto un complimento prima. Il suo colorito ritornò di nuovo normale e il respiro si uniformò. La sua forza e il kit medico l'avevano chiaramente aiutata a riprendersi. «Bene allora. Diciamo che siamo pari, e tu mi lascerai libera sul prossimo pianeta libero e abitabile.» Mi guardò male e batté il piede.

«Non se ne parla, piccola guerriera.»

Non pensavo che avrebbe mostrato abietta sottomissione e adorazione, piangendo docilmente e accettando ogni mio suggerimento. Ma era molto più esuberante di quanto avrei potuto prevedere.

Un fatto che per qualche motivo mi faceva dolere le palle. Dovevo riprendere il sopravvento. Non c'era modo di riportarci sani e salvi a Zandia a meno che lei non fosse docile.

«Mettiamo in chiaro una cosa.» Feci un passo avanti. «Riconosco il tuo ruolo nella mia... la *nostra*... fuga. Ma gli esseri umani non sono liberi in questa galassia. Attualmente sei sotto la mia protezione e il mio comando. Non puoi andare da nessuna parte senza un padrone, e io sono il tuo padrone.»

La fissai. Come prima, arrossì sotto il mio sguardo e strinse le cosce. *Kazo*... era eccitata? Sì, ero convinto che il suo cambiamento nell'odore indicasse eccitazione. Non avevo una conoscenza approfondita delle femmine umane, ma questi erano racconti universalmente risaputi. Se non mi stavo sbagliando, questa piccola guerriera mi voleva tanto quanto io volevo lei.

La mia voce si fece roca. Forse avrei dovuto applicare una piccola punizione gentile per tenerla unita a me come padrone. «Farai come ti dico.» La mia voce si infittì di desiderio. Feci un altro passo avanti.

Il suo respiro si accelerò e il petto si sollevò. «Non lo farò.»

«Pensa in modo logico.» Resi la mia voce setosa, suadente. «Non hai altre opzioni. Le cose saranno più piacevoli se andiamo d'accordo.» Per una frazione di secondo, il mio cervello si affrettò a immaginare quanto avrebbe potuto essere dannatamente *piacevole*. Pensai alle mie labbra sui suoi capezzoli sodi, alla mia lingua tra le sue cosce, alle sue belle labbra rosa sul mio cazzo...

«Troverò un posto dove potrò vivere come un essere umano libero» ribatté. «Ho sentito parlare di alcuni di questi pianeti.» C'era un leggero tremore nella sua voce. Poi, con mio grande piacere, mi attaccò.

«Ahhhhhh!» gridò e si lanciò verso di me, girandosi a mezz'aria, così il suo pugno acquistò slancio.

Quando piazzò saldamente le nocche sulla mia mascella, vidi le stelle. *Kazo*, conosceva dei colpi! Afferrai il suo corpo, ma lei si era già spostata sulle punte dei piedi ed era caduta in una posizione da guerriera.

«*Stop.*» Urlai l'ordine mentre la pelle mi pulsava nel punto in cui mi aveva colpito. Non ero arrabbiato: era una meraviglia da guardare e un po' di dolore non significava nulla per un guerriero. Ero più affascinato dalle sue capacità. Ero felice di aver trovato questa spettacolare piccola guerriera per Zandia.

Lei lanciò un grido di battaglia e saltò di nuovo, ma questa volta mi trovò pronto. Anche con la sua forza extraumana e la conoscenza intelligente della meccanica del corpo, non poteva competere con un guerriero zandiano in piena allerta. Bloccai e parai facilmente i suoi colpi. La lasciai continuare ancora per qualche istante perché, beh, era molto eccitante. La coperta era sul pavimento, quindi era completamente nuda e si lanciava contro di me.

«Va bene, adesso basta, Kailani.» La volta successiva che colpì, la tirai contro il mio corpo. La avvolsi con le braccia e strinsi forte il suo corpo contro il mio, bloccandole le braccia alla vita. Usai una gamba, la avvolsi attorno alla sua e abbassai la testa per bloccare la sua contro il mio petto.

Adesso era completamente sotto il mio controllo.

Le mie mani premevano contro la sua pelle nuda.

«Ragazzaccia» mormorai contro i suoi capelli setosi. «Non devi mai alzare le mani contro il tuo padrone.» La tenni stretta.

Oh cavolo, ora era il momento della punizione. Non avrei dovuto essere così emozionato, ma lo ero.

«Chiedi scusa per avermi attaccato» le consigliai. «Giura che non accadrà più.» Il mio corpo rispose alla sua presenza e il cazzo divenne di nuovo duro come il ferro, nonostante le migliori intenzioni di rimanere neutrale. L'impulso di colpirla era così potente che riuscivo a malapena a sopportarlo.

«Non sei il mio padrone» disse mentre mi pestava lo stivale con i piedi nudi. Mi diede un calcio all'indietro contro lo stinco.

Trattenni una risatina. Avrei dovuto essere fermo come suo padrone. «Ti pentirai di averlo fatto.» La strinsi al petto mentre lei si dimenava invano. «Quando mi disobbedisci, ne paghi le conseguenze.»

Si bloccò, girò la testa per guardare in direzione dell'armadietto dove avevo chiuso le sue medicine. *Kazo*, i suoi padroni kraa le usavano davvero per controllarla.

«No, non quello» la calmai. «Penso che troverai le mie punizioni un po' più appetibili. Per entrambi.»

Kazo: non vedevo l'ora di darle una lezione di obbedienza. Gli zandiani sapevano che esisteva un modo semplice per domare un'umana ribelle, e di solito faceva sì che sia il padrone che la femmina si sentissero soddisfatti, anche se la femmina finiva per sentirsi un po' dolorante. Stavo per provarci.

«Vieni, piccola guerriera. Prendi la tua punizione.» La mia voce era bassa e seducente mentre la accompagnavo all'indietro verso la mia poltrona di volo.

«Non sono una *piccola guerriera*» disse, ma la sua voce trillò. L'allusione sessuale nella mia voce l'aveva confusa. Già sentivo la sua tensione sciogliersi, come se il suo corpo fosse incapace di resistere.

«Il mio nome è Kailani.» Sembrava senza fiato. «Lasciami andare, altrimenti...» la sua voce si spense quando mi sedetti e la tirai giù - non troppo forte, ma con fermezza - sul mio grembo e le misi una mano sulla parte bassa della schiena.

«Cosa fai?» Lei spinse e scacciò il mio corpo. Allarmata, sembrava aver dimenticato di portare a termine la sua minaccia.

Ero già abituato alla sua forza pazzesca, quindi era abbastanza facile tenerla ferma.

«Ti mostrerò come vengono punite le femmine umane sul mio pianeta.»

Alzai la mano e la abbattei sul suo bel culetto con un forte schiocco.

«Oh!» gridò, contorcendosi e scalciando.

La sistemai per infilare le sue gambe sotto una delle mie. «Non cercare di scappare.» La sculacciai di nuovo, forte, nello stesso punto. Una macchia rosa fiorì sulla sua pelle tesa. «Ti sculaccerò ancora di più.»

«Ehm...»

Ero sicuro che fosse scioccata dalla natura sessuale della punizione. Sembra essere questo il motivo per cui funzionava così bene. Non veniva causato alcun danno reale alle femmine e i loro corpi erano eccitati dalla loro natura sottomessa.

Tuttavia, questa combatteva la sua natura. «Smettila» sibilò, artigliandomi i polpacci.

Risposi con una raffica di sculacciate sul suo sedere e sulla parte superiore delle cosce.

«Oh! Oh. Tu... tu...»

«Il mio nome è Khrys.» La sculacciai di nuovo, proprio al centro di entrambe le natiche, sul sesso scintillante. «Ricordatelo per le tue scuse. Quando sarai pronta, ovviamente.» Abbassai la mano ancora e ancora finché il rosa non divenne più intenso. «Tieni le mani abbassate. Graffiarmi significa raddoppiare la punizione.»

In risposta, affondò le unghie nella mia pelle così forte da far uscire sangue.

La tenni ferma con una mano e con l'altra presi un paio di magno-manette. Essendo io l'essere in vantaggio, trovai facile agganciarle ai suoi polsi delicati. «Ora basta.»

Fece per parlare, ma uscì come un guaito mentre iniziavo di nuovo a sculacciare. Non stavo usando tutta la mia forza, ovviamente, ma un duro palmo zandiano poteva fare molto su un grazioso culetto da guerriera.

«Metteremo in chiaro alcune cose.» Sculacciai per enfatizzare. «Mi ascolterai e farai quello che ti dico: le nostre vite dipendono da questo. Sono il tuo padrone e il comandante dell'astronave. Se rifiuti di obbedire, sarai punita.» Sculacciai di nuovo, bene e forte.

Lei strillò e cercò di scalciare, ma le avevo bloccato le gambe.

«Deve farti male il sedere.» Mi fermai e le massaggiai la pelle accaldata. Strinse le sue adorabili natiche. «Quando sei pronta a chiedere scusa, ti ascolto.»

Non rispose. Sentii il rumore del suo respiro rapido. «Va bene» mormorò dopo un momento. «Mi dispiace.»

«Per?» Le strinsi di nuovo il culo morbido.

Ruotò i fianchi ed emise un piccolo gemito. «P-per averti attaccato.»

«E?» Lo strinsi e lo massaggiai ancora un po'. Quando non rispose, le diedi qualche altro schiaffo. Le sue natiche si contrassero e si rilasciarono. «Per essermi aspettata che tu fossi un essere decente. Mi dispiace di aver pensato che avresti fatto la cosa onorevole e mi avresti liberata.»

Soffocai una risatina. Era adorabile. Abbastanza chiacchierona per una schiava, ma non era di proprietà degli ocreziani. Non era stata allevata per servire, era stata progettata da Kraa per combattere.

Il cazzo premeva insistentemente contro il suo fianco e non vedevo l'ora di passare alla parte più piacevole della punizione. Eppure, non si era ancora arresa. «Devo usare la cintura?»

Bastò il pensiero per far rivivere nel mio corpo il piacere. Disciplinare questo essere umano era ancora più eccitante di quanto mi aspettassi.

«No.» La sua voce era improvvisamente calma. «Non lo farò più.»

«E?»

«Cos'altro vuoi?» Alzò il tono, frustrata. «Devo in qualche modo portarti l'universo su un piatto di platino?»

Sorrisi. Oh, stelle. Cosa non avrei fatto per possedere questa piccola guerriera e combattere con lei in questo modo regolarmente... ovviamente, era un pensiero ridicolo. Non era destinata a essere la mia compagna. L'avrei consegnata direttamente al dottor Daneth e al re Zander... appena fossi riuscito a riportarla indietro. Questo pensiero mi metteva a disagio. Mi aspettavo un essere umano grato, felice di non essere messo al servizio di Ocrezia. Tutti gli umani su Zandia erano entusiasti di stare lì.

Questa, però... Aveva già intenzione di liberarsi. Certo,

dubitavo che ci sarebbe riuscita senza il mio aiuto, ma non ero sicuro che lei la vedesse in questo modo.

Bene, liberarla non era un'opzione. Non avevo mentito quando avevo detto che non sarebbe sopravvissuta senza un padrone. Gli esseri umani non erano una specie libera in questa galassia. Senza un padrone benevolo, avrebbe vissuto una vita molto peggiore.

Inoltre, se non l'avessi riportata con me, sarei andato sicuramente incontro a gravi conseguenze per aver intrapreso questa missione senza permesso, oltre alla mia già precaria posizione con il re.

Mosse il corpo e il seno teso premette contro il lato delle mie cosce. I capezzoli erano duri e sentii il bisogno di abbassarmi e prenderne uno in bocca.

«Di' Il mio nome.» Abbaiai l'ordine.

«L'ho dimenticato. Non era memorabile.» Tirò su col naso.

Le afferrai il sedere, stringendolo brutalmente, poi le diedi un bello schiaffo secco sulla natica destra. «Sì, invece.»

«Khrys!» Strillò. «Khrys.»

E all'improvviso i pensieri nella mia testa cambiarono da quelli puramente sessuali a quelli di protezione. In un istante, solo sentirla pronunciare il mio nome fece emergere il più feroce istinto di protezione che avevo. Avrei fatto qualsiasi cosa per proteggere questo piccolo essere dal male.

Le massaggiai il sedere, calmando il dolore che le avevo inflitto. «Brava ragazza.»

Si dimenò sulle mie ginocchia. La feci sedere e controllai il suo bel viso. «Io sono l'unica cosa tra te e quello.» Indicai il finestrino dell'astronave, dove l'oscurità dello spazio era immensa. Le avvolsi un braccio intorno alla schiena, accarezzandole il punto in cui l'anca incontrava la coscia. «Guarda, qui non si vedono nemmeno le stelle. Non puoi sopravvivere in questo momento senza di me. Non importa quanto sei intelligente: non puoi manovrare questa astronave da sola. Non hai nessun posto dove andare. Attaccarmi significherebbe la morte per entrambi. Lo capisci?»

Annuì poi interruppe il nostro sguardo. «Capito.» Si afflosciò contro di me e il mio corpo godette della sensazione della sua pelle morbida contro la mia. «Solo che, per un secondo, ho pensato che forse...» scosse la testa. «Non importa.»

«Hai pensato cosa?»

«Pensavo che forse avrei avuto la possibilità di scappare. Che forse la mia vita avrebbe potuto essere diversa da come era.» Riuscii a malapena a sentire le parole.

Il senso di colpa mi affondò nel petto. Gli esseri umani conducevano vite davvero difficili in questa galassia. Sul mio pianeta era molto meglio che altrove, ma lei non poteva saperlo o crederci.

«Sarà diverso.» Le toccai il mento. «Kailani.» Il suo nome mi stava bene sulle labbra. «Non ti farò quello che ti hanno fatto i tuoi precedenti padroni.» La guardai negli occhi, in modo che potesse vedere che ero sincero. «Te lo giuro. Non ti priverò della tua medicina. Non ti verrà fatto alcun male.»

Mi fissò per un lungo minuto. «Perché mi hai portata via?» La sua voce era scettica. «Con un rischio personale così grande.» Si guardò intorno. «E con una tecnologia così inestimabile. Il tuo pianeta deve trovarmi preziosa in qualche modo.»

Kazo. Aveva ragione, ovviamente. E non volevo mentire. Ma volevo anche che si fidasse di più di me e della mia specie prima di chiederle la disponibilità ad aiutare.

Mi fermai per trovare le parole giuste per convincerla. «Il nostro pianeta ha bisogno degli esseri umani.» La osservai attentamente, valutando la sua risposta. «La nostra specie è quasi estinta. Solo una manciata di femmine è rimasta in vita.

Ma abbiamo scoperto che le femmine umane sono quelle che più ci si avvicinano per l'accoppiamento.»

Si irrigidì. «Non sono una schiava riproduttrice.»

«No, no, no. Mi è uscito male. Gli umani non sono schiavi su Zandia. Gli zandiani sul nostro pianeta prendono le umane come compagne.»

Sgranò gli occhi azzurri. Deglutì. «Mi vuoi come compagna?»

Non sapevo perché avevo esitato. Avrei dovuto rispondere di no immediatamente. Ma non lo feci. Forse era per il modo in cui mi guardava, come se l'idea non la ripugnasse. Forse era perché l'idea mi aveva attratto fin dal momento in cui avevo visto per la prima volta la sua immagine nella pubblicità dell'asta.

Ma non potevo. Lei era per Zandia, non per me.

«No.» Abbassai lo sguardo. «Non io. Su Zandia le umane hanno alcune scelte riguardo alla loro esistenza. Sì, hanno bisogno di un tutore o di un compagno zandiano, ma non sono schiave.»

«Oh.» Rimase un attimo in silenzio. «Potresti mentire.»

Annuii. «Potrei. Ma non è così. Posso mostrarti degli ologrammi delle umane su Zandia.»

«Potrebbero essere fasulli.»

Alzai le spalle. «Ascolta, Kailani. Sappiamo entrambi che potrei metterti in gabbia e rivenderti in un attimo.» Schioccai le dita.

Quando sussultò mi sentii uno stronzo. «Ma non lo farò. Ti sto portando sul mio pianeta dove sarai accolta e trattata molto meglio di quanto saresti stata trattata da qualsiasi altra specie.»

Mi studiò.

«Ogni essere umano su Zandia ha bisogno di uno sponsor. Qualcuno che si assuma la responsabilità di assicurarsi che si adatti alla società zandiana. Per ora sono il tuo padrone e ho bisogno che tu capisca due cose. Primo, ho un potere superiore su di te. Secondo, non lo userò per farti del male.»

«Mi hai appena sculacciata.» Il tono era di rimprovero e si spostò sulle mie ginocchia.

Le accarezzai la parte superiore delle natiche e il lato della coscia per calmarla. «Mi hai attaccato» le ricordai. «Ci sono delle conseguenze.» Portai l'altra mano a prenderle leggermente il seno nudo, sfiorandolo con il pollice.

Deglutì. «Non è stato molto magnanimo.»

«No?» feci una smorfia.

Lei mosse i fianchi sul mio grembo, il respiro accelerò. «A-avresti potuto semplicemente chiedermi gentilmente di non attaccarti più.»

Risi. «Questo non c'è nel manuale del guerriero.»

Mi piaceva il suo senso dell'umorismo perché faceva emergere il mio. Anche questo per me era uno sviluppo nuovo: come zandiani eravamo rigidi e devoti al dovere. Ma la presenza di donne umane sul nostro pianeta aveva permesso anche agli scapoli, come me, di sviluppare aree della nostra personalità precedentemente non sfruttate.

«Ha fatto così male? Fammi vedere.» La girai all'indietro, gestendo facilmente il suo peso. Volevo controllare il suo sedere morbido e vedere se aveva bisogno di una lozione lenitiva, ma a dire il vero, non vedevo l'ora di far scorrere le mie dita sul suo corpo, per mostrarle la ricompensa della sottomissione.

Le manette colpirono il lato del mio polpaccio. Mi chinai per rimuoverle e gettai da parte quegli affari lucenti. Adesso era molto più docile e non volevo legarla più del necessario.

Le sfiorai il sedere con la punta delle dita. «Bello e rosa. Lo sentirai più tardi, ma solo un po'.» Non lo sapevo per esperienza diretta, non avevo mai sculacciato una donna prima, ma l'avevo sentito dire. I maschi della mia specie si meravigliavano della meraviglia e della bellezza delle natiche femminili umane.

Appoggiai il palmo della mano sul suo sedere teso. «Solo perché te lo ricordi, questo è quello che farò la prossima volta che mi artiglierai con le tue unghie affilate o proverai a buttarmi a terra.»

«Ma non se provo ad afferrare la tua spada e a tagliarti le braccia?» La sua voce era scherzosamente speranzosa. E poi, kazo, puntò il sedere verso di me, più in profondità nel mio palmo, come se chiedesse un'altra sculacciata.

Esitai. L'avevo punita; la cosa era finita. Solo che chiaramente non lo era. Il cazzo non aveva ricevuto il messaggio. E sentii l'inconfondibile eccitazione tra le sue cosce.

Alla mia piccola guerriera era piaciuto quello che avevo fatto. E pensavo che ne volesse di più. Questo era il modo in cui gli zandiani avevano imparato a dominare le femmine umane sul mio pianeta. Non attraverso i metodi crudeli usati dagli ocreziani sulla loro specie schiava, ma con la dominanza sessuale. Punizione leggera nelle zone erogene. Le legavamo a noi e quel legame diventava indissolubile da entrambe le parti.

«Qualsiasi tipo di situazione di de-artizzazione» dissi impassibile «è assolutamente vietata.» E poi le diedi un'altra sculacciata.

«Hmm.» Si dimenò. «Anche se è solo un dito?» Allargò leggermente le cosce. «Sicuramente un dito non è così grave.»

La sculacciai di nuovo, un bello schiaffo secco, basso sulle natiche. «Forse non capisci il potere di un dito, Kailani? Lascia che ti mostri cosa può fare un solo dito.»

Le spinsi delicatamente la gamba destra. «Apri di più, per favore.» La aiutai a spostare le gambe, in modo che fossero divaricate, quella destra penzolava leggermente dalle mie ginocchia. La sua figa era bagnata dall'umidità e dall'aroma più delicato e provocante. «Stelle, piccola guerriera.»

In questo momento, non sembrava che le importasse del soprannome. Gemette leggermente tra sé, una nota bassa.

Non avrei dovuto farlo. La disciplina era una cosa, il contatto sessuale un'altra. Non era la mia compagna e io non ero il suo padrone. Non avrei dovuto reclamarla in questo modo. Non avrei nemmeno dovuto pensare a lei in questo modo.

Ma non mi sarei fermato. Le accarezzai i capelli con la mano sinistra e feci scivolare la destra lungo l'interno della sua coscia. «Non sottovalutare mai il potere di un grosso dito.»

Mentre parlavo, feci scivolare molto lentamente la punta del dito sulla sua pelle. «A volte una piccola cosa può causare una reazione climatica.»

Lei sussultò e mormorò qualcosa e cercò di avvicinarsi alla mia mano.

La sculacciai di nuovo, forte, e la tenni ferma. «Resta dove ti ho messa» le dissi con fermezza.

Smise di muoversi, quindi le toccai di nuovo la coscia.

La figa era più bagnata di prima, e gemette. «Khrys?» Mi afferrò la gamba, ma questa volta era una presa con tutte le dita. Non stava cercando di scappare. Sembrava più che si stesse ancorando a me. Mi piaceva.

Mi chiesi se avesse mai avuto un orgasmo nella sua vita strana e difficile. Non mi interessava se era sbagliato: volevo darle piacere proprio adesso.

«Qualcuno ti ha mai toccata... in questo modo?» Feci scorrere le dita sulla sua figa così dolcemente che ci fu a malapena il contatto. «Ti ha fatto sentire bene?»

«No.» La sua voce era ansimante. «Io non... non l'ho mai fatto. Mi hanno fatto iniezioni ormonali per assicurarmi che non volessi...» Si fermò. «Ma ormai devono essersi esauriti gli effetti.»

«Rilassati e basta.» Le accarezzai la parte bassa della schiena. «Lascia che la sensazione cresca.»

Rilassò i muscoli e sprofondò nel mio grembo. «Che cosa hai intenzione di fare?»

Le sfiorai delicatamente le labbra. «Questo.» Strofinai la sua pelle morbida e bagnata ancora e ancora. «E questo.» Mi feci strada su e giù per il suo corpo. «Un po' di questo.»

Adesso respirava più forte. «Khrys...»

«E forse, se sei molto brava... questo.» Le toccai il clitoride con l'indice.

CAPITOLO QUATTRO

*K*ailani

Quando mi aveva sculacciata, ero infuriata, e poi la sensazione era cambiata in qualcos'altro. Tutto il mio corpo era in fiamme, piccole scintille guizzavano e danzavano lungo i miei nervi, tutte le sensazioni culminavano tra le mie cosce. Il sedere mi formicolava in un modo che era innegabilmente piacevole, e iniziava a suscitare nel mio corpo il bisogno di qualcosa di più.

Non mi ero mai sentita così prima e non volevo che finisse. «Per favore.» Spinsi i fianchi verso l'alto per cercare il suo dito magico. «Fallo ancora.»

Lui rise. «Questo?»

Poi mi sfiorò la pelle e strofinò quel piccolo punto, il luogo della mia energia.

Praticamente urlai di piacere. «Khrys!»

«Shhh» mi calmò, accarezzandomi le cosce. «Questo è solo l'inizio.»

Il mio respiro divenne più veloce e chiusi gli occhi per concentrarmi sulla sensazione. Il mio corpo sembrava sapere come farlo. Avevo allargato le gambe e mi ero inclinata, in modo che potesse avere un migliore accesso.

«Vedi come un solo dito può essere piuttosto... attraente?» Mi accarezzò ancora, ancora e ancora. «Qui... e anche qui?»

Ora spinse il dito in profondità nella mia fessura, stuzzicando e toccando, e la pancia mi si infiammò.

Urlai di piacere, stringendo i muscoli mentre contrazioni di pura gioia mi scorrevano attraverso. Non finì; la sensazione cresceva e si gonfiava, e quando culminò in una potente esplosione di luce, quasi svenni.

Quando tornai nel mio corpo e aprii gli occhi, ero seduta sulle sue ginocchia, con la testa sulla sua spalla, le braccia avvolte saldamente intorno a lui. Le sue forti braccia viola mi circondavano e il suo respiro era caldo sui miei capelli.

Mi mossi. «Khrys?» Mi schiarii la gola. Il sedere mi formicolava leggermente per le sculacciate, ma era quasi svanito. La sensazione predominante ora era quella di piacere persistente e di profondo rilassamento, un tipo di sensazione che non avevo mai conosciuto. Era fantastico. In effetti, avevo già voglia di farlo di nuovo.

Sotto di me, il suo cazzo era duro come la roccia. Abbassai una mano. «Non sei riuscito a...»

Volevo provare di nuovo quella sensazione. Volevo di più. Volevo imparare tutto su questa nuova parte della vita.

Ma era distante.

Si staccò dolcemente da me e mi fece sedere sulla panca accanto a lui. «Non avrei dovuto farlo.»

«Non capisco.» Lo guardai sbattendo le palpebre.

Si alzò e mi porse la coperta argentata. «Ho degli indumenti extra in un contenitore. Ne troverò qualcuno adatto a te.»

«Ma non vuoi...» —alzai le spalle— «...goderti anche tu il piacere?»

«Non sarebbe appropriato.» La sua voce era dura. Quasi rigida come l'asta nei suoi pantaloni. «Sono il tuo padrone temporaneo... solo finché non raggiungiamo Zandia.»

«E cosa succederà allora?»

Si voltò e frugò in un armadietto, poi mise accanto a me una pila di vestiti piegati con un tubo di fluido e alcuni pacchetti nutrizionali. «Per favore, ricomponiti e poi parleremo.»

L'interno del velivolo non era grande, eppure mi sentivo sola qui sulla panchina mentre lui era seduto alla console di volo, fissando l'oscurità intorno a noi. Ora si vedevano le stelle, probabilmente a milioni di anni luce di distanza. Era strano come lui sembrasse ancora più distante.

Beh, era meglio di un'emicrania... Facendo un respiro profondo, indossai i pantaloni e la giacca. Gli stivali mi stavano benissimo. E sicuramente era un miglioramento rispetto alla cella di Kraa.

Tuttavia, non sapevo se credergli riguardo a Zandia. Non ero sicura che mi stesse dicendo la verità.

Ma il piacere ronzante che ancora mi scorreva in corpo toglieva il dolore dalla prigionia sotto il suo dominio. Era mille volte meglio che appartenere ai kraa o probabilmente a qualsiasi altro padrone che avrebbe potuto comprarmi all'asta.

Osservai la sua ampia schiena e le spalle. Le spesse antenne sulla testa che sembravano muoversi e cambiare a seconda dei suoi sentimenti. Presi nota per imparare a leggere cosa significassero questi cambiamenti. Come sarebbe stato essere accoppiata con un maschio come lui? Un maschio le cui punizioni erano molto più piacevoli di qualsiasi cosa io avessi mai sopportato prima.

Un brivido percorse il mio corpo e il mio sesso si contrasse all'idea che lui mi reclamasse pienamente. Ma aveva detto che era solo il mio padrone *temporaneo*. Non sapevo cosa significasse, ma non mi piaceva. Qualcosa di molto meno piacevole avrebbe potuto aspettarmi su Zandia, e dovevo essere preparata a qualunque cosa accadesse.

Aprii un pacchetto di cibo e lo mangiai mentre sorseggiavo un tubo di fluido.

Pochi secondi dopo, una minima sensazione di disagio mi scorse lungo la tempia. La paura mi si agitò nello stomaco.

«Khrys?» Restai in piedi, con le dita tremanti sul tubo del fluido. La mia voce era alta.

«Che c'è?» Si girò, con espressione preoccupata.

Mi toccai la fronte. «Sta ricominciando. Ho bisogno della medicina.» Pregai le stelle che mi desse la dose di cui avevo bisogno.

Kazo. Scosse la testa. «Perdonami, mi ero dimenticato.»

Il sollievo che provai per la sua risposta immediata suscitò una vena di gratitudine. Forse potevo fidarmi di questo guerriero.

Si girò verso la console e la toccò, poi si alzò e si diresse verso un armadietto di fronte alla sua postazione di volo. «Ho qui la tua scorta di medicine.» Tirò fuori l'elegante contenitore. «Te la porto. Siediti.»

Il sibilo del dolore si approfondì, sentivo piccole punture di spillo. Premetti il palmo della mano sulla sommità della testa, una mossa inutile. L'adrenalina mi correva in corpo. «Per favore sbrigati.» La vista iniziò ad offuscarsi. Le stelle fuori dagli oblò di vetro, piccoli punti di luce distante, si trasformarono in macchie.

«Ecco.» Era al mio fianco. Le sue mani erano forti ma così gentili mentre mi toccava il viso. «Quanto?»

«Quattro gocce.» Chiusi gli occhi.

Il sapore amaro non era mai stato così gradito. Non appena il liquido colpì la lingua, il sollievo fu quasi istantaneo: prima l'aroma delle erbe e della terra mi penetrò nelle narici, poi il dolore pulsante tremolò e si spense. Andato.

Chiusi gli occhi e feci un respiro profondo, leccandomi le labbra, anche se non si era rovesciato. Ingoiai la mia saliva una, due volte, per assicurarmi di aver inghiottito fino all'ultimo residuo della mia droga. Quando mi guardai indietro, mi stava fissando, con la fronte corrugata. Dietro la sua testa, fuori, nel vuoto dello spazio, le stelle erano tornate come prima.

«Meglio?» Riavvitò il tappo contagocce sulla bottiglia. I suoi occhi restarono fissi sul mio viso, a controllarmi.

Annuii. «SÌ.»

Ripose con cura la bottiglia di vetro nella custodia. «Come funziona la medicina?» Si sedette accanto a me.

Osservai la bottiglietta d'ambra annidata nell'imbottitura e scossi la testa. «Hanno fatto qualcosa ai vasi sanguigni nella mia testa, i vasi che alimentano il cervello. Si restringono senza la medicina ed è doloroso. L'antidoto è costituito dal polline di un fiore trovato su Dentron. La medicina allarga i vasi, ma l'effetto e temporaneo.»

«E senza la medicina, il mal di testa continua a tornare?» Mi toccò dolcemente la fronte, poi tirò indietro la mano. Aggrottò le sopracciglia. «Se ne andrà mai?»

La paura salì. «Forse col tempo il mio corpo si adatterebbe, chi lo sa? Ma non posso sopportare il dolore per scoprirlo.»

Immaginai di soffrire quel tipo di dolore lancinante per molti cicli solari. «Preferisco buttarmi nel vuoto dello spazio.» La mia voce era feroce.

Si mosse come se fosse sorpreso. «Kailani, abbiamo abbastanza medicine per un po'.» Tirò fuori la bottiglietta dalla custodia e la tiene inclinata per vedere quanto liquido rimaneva. «Ci sono...» Fece una pausa, chiaramente facendo elucubrazioni mentali. «Kazo. Solo altre dieci dosi circa.» Il suo volto si fece cupo. «Come l'hanno fatta?» Mi prese la mano.

«Avremmo bisogno del polline per iniziare.» Il mio corpo era caldo e iniziò a formicolare perché aveva inteso "noi". *Abbiamo abbastanza medicina.* Deglutii a fatica e premetti le sue dita contro le mie. «Lo mescolano con alcune altre cose, ma il polline è l'antidoto principale. Una volta si sono esauriti e mi hanno dato da mangiare polline caldo tritato, e ha funzionato allo stesso modo anche se ci è voluto molto più tempo e non ha eliminato del tutto il mal di testa. Tuttavia, è stato straordinariamente efficace anche da solo.»

«E Dentron? Ne sai qualcosa?» trafficò con un ologramma sul dispositivo da polso e tirò fuori una mappa solare. «È vicino a noi.» Sembrò sorprendentemente soddisfatto. «Entro mezzo volo di rotazione del pianeta.»

«C'è una tribù lì che non è tecnica, ma è ostile. Dovremmo evitarli. A parte questo, non ne so molto.»

«Non avrebbero potuto coltivare le piante sul tuo pianeta?»

«No. Credo che l'ambiente non fosse quello giusto. Non so molto di agricoltura e ovviamente non hanno condiviso molto con me. Ma da quello che ho raccolto ascoltando le loro conversazioni, il problema era quello.» Cercai di ricordare ogni fatto che avevo impresso nella memoria riguardo alla medicina. «Ma probabilmente non era nemmeno una grande priorità. Senza quella medicina... Khrys... Sono praticamente morta.»

«Non dire così.» La sua voce era bassa e feroce. «Guardami. Kailani? Te lo prenderò io.»

«Ma quando?» Alzai le spalle. «Dopo che mi avrai portato sul tuo fantastico pianeta come schiava? Non ho così tanto tempo.»

«Te l'ho detto, gli esseri umani vivono bene lì. Non sono schiavi.» Alzò la voce con frustrazione e tolse la mano dalla mia. Si alzò e camminò avanti e indietro.

Poi si sedette di nuovo e mi mise entrambe le mani sul viso. «Ascoltare. Ecco come saprai che puoi fidarti di me. Andremo subito a Dentron per il polline, i semi, le piante e tutto ciò di cui abbiamo bisogno per tentare di coltivarlo su Zandia. Abbiamo i migliori esperti di agricoltura lì, te lo prometto. La compagna del re è umana ed esperta in agricoltura. È in grado di coltivare colture originariamente coltivate sulla Terra.»

La sua voce era così bassa e suadente. Miele e acciaio mischiati insieme. Gli occhi gli lampeggiarono di viola per un secondo. Sembrava così sincero. «Un segno della mia onestà, Kailani.» Fece una pausa. «Ti darò il controllo di tutto ciò che raccogliamo.» Si girò per afferrare la custodia delle medicine e me la porse. «È tua, va bene? A partire da adesso.»

Gliela strappai dalle mani e me la strinsi al petto, con il cuore che batteva forte.

«Va bene? Ti fidi di me adesso?»

Strinsi la custodia così forte che mi facevano male le dita. Non mi fidavo di lui, ma mi aveva appena dato l'unico dono di cui avevo bisogno per sopravvivere. La cosa che i miei padroni kraa avevano usato per controllarmi. Me lo aveva dato liberamente. Quindi annuii. «Sì.» Il mio respiro si fece veloce e affannoso.

«Bene. Ascolta, Kailani. Il dottore su Zandia, il dottor Daneth, è esperto. È possibile che possa invertire il danno causato dai tuoi proprietari.» Vedendo la mia espressione, si affrettò ad aggiungere: «Se vuoi che ci provi.»

«No» sbottai.

Niente più laboratori. Mai più. Odiavo i dottori.

Alzò una mano. «Su Zandia, ti prepareremo medicine sufficienti per tutta la vita.»

«E tutto quello che devo fare in cambio è…?» Alzai le sopracciglia.

Era una mia impressione o sembrava leggermente a disagio?

Si schiarì la gola. «Diventare un membro attivo della società zandiana.»

«Come? Accoppiandomi con uno zandiano?»

Le sue antenne si ingrossarono e si inclinarono nella mia direzione, facendomi accelerare il battito. Mostravano il suo interesse? La sua attrazione per me? Sapevo che mi voleva: avevo già visto quella grossa erezione che gli tendeva i pantaloni e la tunica.

Si limitò ad alzare le spalle e andò sul ponte, fissando l'oscurità. «In qualunque modo tu scelga.»

Non avrebbe avuto importanza se avesse mentito. Non avevo ancora altra scelta, a meno che non intendessi attaccarlo una volta arrivati su Dentron e scappare da sola con la navicella.

Valutai l'idea per qualche secondo: sarebbe sicuramente stato difficile imparare a comandare questa navicella, ma pensavo di potercela fare. Avrei dovuto provare ancora una volta a scappare? Sarei stata padrona di me stessa, responsabile del mio destino.

Ma per ora, tutto quello che dissi fu: «Va bene.» Guardai giù dagli oblò, le luci che si allontanavano e quelle che avanzavano. «Affare fatto. Facciamolo.» Per prima cosa mi serviva il polline. Il resto lo avrei scoperto più tardi, una volta che fosse stato in mio possesso.

Corse alla console per rispondere a un segnale acustico e a una luce rossa lampeggiante. Una volta risolto il problema, si rivolse a me. «Hai bisogno di dormire. Il tuo corpo ha sicuramente bisogno di riposo.»

Guardammo entrambi le magno-manette argentate che giacevano sul pavimento. Le prese e le gettò in un armadietto. «Fiducia, giusto?» Mi guardò per un lungo secondo poi sorrise. «Ora che abbiamo un accordo, non abbiamo bisogno di queste.»

Mi si agitò lo stomaco per l'eccitazione: pensare a quello che aveva fatto quando avevo quelle manette era sufficiente per riempire il mio corpo di quella sensazione sorprendente e di formicolio. Avrei voluto dirgli: «E se le volessi?»

Ma la stanchezza prese il sopravvento e sbadigliai così tanto che mi fece male la faccia.

«Fiducia.» Sbadigliai di nuovo. «Sì.»

Lui sorrise. Ero convinta che stesse pensando le stesse cose che pensavo io...

«Forse dormirò.» Riuscii a malapena a pronunciare quelle parole prima che ogni muscolo diventasse pesante per la stanchezza. Mi accasciai sulla panca, stringendo ancora la custodia allo stomaco. «Svegliami quando…» e mi spensi.

* * *

Khrys

Si addormentò a metà frase mentre il complesso di eventi delle ultime ore la colpivano.

La portai in una zona notte e la misi su una delle cuccette. La coprii con una coperta e sistemai la custodia dei medicinali, in modo che non le penetrasse nelle costole. La teneva ancora come se fosse l'unica cosa al mondo che contava, e supponevo che lo fosse. Una ciocca di capelli le cadde sul viso e io la spinsi indietro con l'indice.

«Sei così dolce» sussurrai.

Le ciglia le sfioravano le guance e resistetti all'impulso di baciarle le labbra mentre dormiva.

Non affezionarti troppo, ricordai a me stesso.

Ora che stava dormendo, ne approfittai per infilarle un pacchetto curativo sul braccio. L'avrebbe aiutata a bilanciare la sua alimentazione e le avrebbe dato farmaci curativi, incluso un sonnifero che aiutava il corpo umano a riprendersi dal trauma. Peccato che non potesse risolvere il suo mal di testa.

Peccato che non potesse risolvere i miei problemi.

Ricordando le mie preoccupazioni, feci un respiro profondo, controllai che Kailani fosse profondamente addormentata e feci la cosa che mi spaventava. Un'olochiamata al mio comandante. Avevo spento il dispositivo di comunicazione nel momento in cui avevo lasciato Zandia per evitare contatti, e sapevo che avrei potuto affrontare conseguenze più gravi di una retrocessione per questo.

«Maestro Seke, parla il capitano Khrys.» Mantenni la voce calma. «Rapporto dall'astronave A-25X, attualmente nella galassia Ambi.»

«Capitano Khrys, non sei stato autorizzato per nessuna missione.» Non si perse in giri di parole. Era seduto alla sua postazione di lavoro nel palazzo reale. Dietro di lui c'era il suo assistente e sergente d'armi, il mio amico Gabin.

«Perdonami, maestro Seke, ma sto tornando a Zandia. Mi sono assicurato una ricompensa umana che servirà bene il nostro pianeta. Qualcuno il cui DNA potrebbe fornire le risposte all'epidemia Z4-A.»

Lanciai un'occhiata verso la camera da letto. Il senso di colpa mi trafisse, ma lo respinsi. Questo era necessario. Per Zandia. E per ripristinare il mio onore. «Ho salvato una femmina umana, Kailani. Quella ingegnerizzata che è più forte del normale e può combattere qualsiasi virus umano. È illesa. La riporterò da re Zander e dal dottor Daneth, così potranno usarla per comprendere il miglioramento umano e aiutare i nostri piccoli.»

«Non ho mai sentito parlare di un essere umano del genere.»

«È molto reale. Puoi verificare le sue statistiche. È scappata prima di andare all'asta e io le ho prestato assistenza.»

«Capito.» Il maestro Seke aggrottò la fronte.

«Ho visto i suoi punti di forza con i miei occhi. È migliore di quanto suggerisca il suo dossier.» Feci una pausa. «Non ho dubbi che tutto ciò che è stato riferito su di lei sia vero.»

Gabin prese il dossier di Kailani e lo condivise con lui. Le sopracciglia del maestro Seke si alzarono sulla sua fronte liscia e viola. «Se è vero, il dottor Daneth sarà molto interessato a studiarla. È vero che ha proprietà antivirali potenziate?»

«Non ho modo di verificare una cosa del genere, ma sì, questo è ciò che affermavano i suoi ex padroni.»

Non le avevo ancora chiesto se era vero. Mi si strinse il petto, ma continuai: «Se offre i suoi attributi unici a beneficio di Zandia, presumo che le verrà concesso un posto sicuro in cui vivere?»

Se fossi riuscito a comprarla come avevo programmato, sarebbe stato più facile, ma non l'avevo fatto. Ora era una schiava fuggita, probabilmente con un'enorme taglia sulla testa. Se fosse stata catturata da qualcuno nella galassia, la sua vita avrebbe potuto essere perduta. Probabilmente no, considerando il suo valore, ma il suo destino sicuramente non le avrebbe concesso una vita degna di essere vissuta.

«Dov'è adesso?» Il maestro Seke guardò dietro di me, nell'ologramma, come se la cercasse. «Vorrei sentirla parlare.»

Mi alzai e indicai la stanza dei letti. «Dorme con l'aiuto di un impacco medico. È relativamente illesa, ma ha ferite minori e un estremo esaurimento.» Andai ad aprire la porta perché potesse osservarla. Anch'io lo fissai.

Era così adorabile e piccola, rannicchiata su sé stessa nel sonno. I lunghi riccioli neri si estendevano sul materasso. Le palpebre sbattevano: stava sognando? Si agitò e borbottò, riaggiustò il suo corpo e ricadde in un sonno più profondo.

Chiusi la porta e rivolsi la mia attenzione all'ologramma, in cui Seke se ne stava silenzioso. «Sono sicuro che sarà disposta a parlarti una volta che sarà sveglia e guarita.»

Gli zandiani non mentivano e quelle parole, anche se volevo crederci, ebbero il sapore di cenere in bocca. Kailani avrebbe potuto non presentarsi bene al re Zander o al maestro Seke.

Anche se non potevo tenerla, avrei potuto aver bisogno di assicurarmi che si legasse adeguatamente a me come suo padrone prima del nostro arrivo. Non potevo rischiare che attaccasse un altro zandiano o si comportasse in modo selvaggio. Niente sarebbe stato peggio dell'ipotesi che re Zander avesse scelto di restituirla ai suoi proprietari invece di fornirle asilo.

Il maestro Seke mi esaminò attraverso l'ologramma.

Non avevo idea di cosa stesse per dire. Avrebbe potuto dirmi che sarei andato in prigione a vita una volta tornato. Avrebbe potuto dirmi che ero stato bandito. Trattenni il fiato.

«Resta in attesa.» Il tono era impersonale. «Mi consulto con il re.»

Passarono solo pochi minuti, ma sembrarono ore prima che ritornasse. «Ho esaminato la situazione con re Zander. Sei autorizzato a tornare con l'umana. Non appena atterrerai, verrà presa in custodia, così come te. A quel punto, re Zander determinerà cosa accadrà dopo. Portarla con te, ovviamente, lo aiuterà a tendere alla clemenza.»

Chinai la testa. «Questa è la mia speranza, maestro.» Il sollievo inondò il mio corpo: finora non era automaticamente una brutta notizia per me.

Seke controllò l'ologramma del dispositivo da polso. «Scusami.» Si allontanò ancora una volta ed uscì dalla stanza.

Mentre Seke stava conferendo fuori dalla portata del mio orecchio, Gabin si guardò a destra e a sinistra, poi entrò nell'ologramma. «L'hai davvero presa?» La sua voce era piena di curiosità. «Ricordo che mi mostravi l'ologramma e pensavo che fossi fuori di testa. Non era a un'asta di massima sicurezza? Dove giravano quantità indicibili di stein?» Probabilmente non avrebbe dovuto parlarmi ed ero più che felice di sentire la sua voce. Avevo ancora un amico in questa galassia.

L'orgoglio mi si gonfiò nel petto. «Sì. Avevo programmato di offrire il cristallo zandiano in cambio per lei, ma ha fatto un tentativo di fuga e io l'ho intercettato. Siamo usciti insieme. Ecco quanto sono buone le sue capacità.» Pensai a come abbiamo lavorato insieme senza problemi.

«Hai corso rischi incredibili.» Scosse la testa. «Sono felice che tu sia al sicuro.»

Annuii. «Ha dato i suoi frutti. Quanto è arrabbiato il re per la mia scomparsa?»

«Ha dato in escandescenza, ma sicuramente è incline al perdono se ritorni davvero con questa umana. Sai che è un sovrano giusto. E alcuni piccoli si stanno ammalando.» Il suo volto si fece cupo mentre aggiunse: «Soprattutto gli eredi del re.» Guardò attraverso la stanza. «Devo andare. Il maestro Seke sta arrivando.» Gabin fece un passo indietro e andò al suo posto formale.

Il maestro Seke, solitamente reticente, sorrise e la sua voce era eccitata. «Il dottor Daneth è ansioso di vedere se possiamo usare qualcuno dei suoi potenziamenti del sangue per aiutare i piccoli di Zandia a sconfiggere questo virus complicato. Sta già preparando l'attrezzatura per i test di cui avrà bisogno. Potrebbe essere un miracolo per Zandia, capitano Khrys. Per il nostro re e per tutti noi.»

Una lama di apprensione mi trafisse. «Non le farà del male.» Era tanto una minaccia quanto una domanda.

Seke sembrò sorpreso. «Lo sai che non lo farà. Tutti gli esseri umani hanno valore. Sarà trattata con cura e dignità mentre la esaminerà e rimuoverà campioni di sangue e tessuti per le indagini.»

Ero convinto che questo fosse vero. Ero anche abbastanza sicuro che Kailani non si sarebbe preoccupata di questa distinzione.

Il maestro Seke mi guardò in modo piatto. «Sei fortunato a tornare con un premio del genere. Tienici aggiornati sui dispositivi di comunicazione sui tuoi progressi. Una volta raggiunta l'atmosfera, ti daremo le indicazioni.»

«Ricevuto. Grazie.» La guardai di nuovo. «C'è ancora una cosa che devo fare prima per assicurarle la sopravvivenza.»

Spiegai al maestro Seke della medicina e dei suoi mal di testa. Approvò la tappa su Dentron e promise di inviarmi tutte le informazioni in possesso di Zandia su quel pianeta, per quanto scarse fossero.

«È popolato» mi disse, controllando un documento olografico. «Sono selvaggi e intelligenti, anche se senza tecnologia. Il tempo cambierà da un momento all'altro, ci saranno tempeste pericolose. Stai attento. Ti ho inviato mappe arricchite con biomarcatori per la materia vegetale: spero che ti aiutino a trovare i campi di fiori di cui hai bisogno.»

Il maestro Seke chiuse ricordandomi di assicurarmi che l'umana fosse protetta da qualsiasi minaccia batterica su Dentron, lasciandomi solo con i miei pensieri turbati... e con l'umana addormentata.

Sospirai e impostai le coordinate per Dentron. Era a soli due anni luce di distanza; saremmo stati lì in meno di un'ora, anche tenendo conto delle deviazioni che avrei fatto attorno alle pericolose cinture di asteroidi.

Kailani borbottò e gridò, e io corsi verso la camera, lasciando la navicella con il pilota automatico.

«Shhh» la calmai, sedendomi sul lettino accanto a lei e accarezzandole la guancia. «Sei al sicuro.» Mi sdraiai sul lettino accanto a lei per prenderla tra le braccia. «Niente più mal di testa, piccola guerriera. Mai più. Promesso.»

Se potesse sentirmi o no era un mistero, ma nell'istante in cui la strinsi, mormorò qualcosa di incomprensibile e si rilassò nel mio abbraccio. Il suo respiro era regolare. E anche se era una follia e mi avrebbe dato solo un falso senso di intimità, continuai a tenerla mentre dormiva.

«Andrà tutto bene» dissi, anche se non era probabile, né per lei né per me.

Cercai di non pensare a quanto sembrasse giusto averla stretta nel mio abbraccio, perché nel momento in cui fossimo arrivati a Zandia e lei avesse scoperto la mia omissione, mi avrebbe odiato per sempre.

Semplicemente non vedevo nessun'altra soluzione.

CAPITOLO CINQUE

ailani

K
Mi svegliai di soprassalto e con un grido gutturale, completamente confusa.

«Attenta... tranquilla, piccola guerriera.» Una voce profonda mi risuonò nell'orecchio. «Sei al sicuro. Ci stiamo avvicinando a Dentron.»

«Che cosa?» Spinsi le sue braccia, mentre il panico mi soffocava i nervi. Poi: «Oh.» Ero sdraiata su un lettino con il suo corpo molto più grande avvolto attorno al mio. Il suo petto massiccio si fletteva sotto i miei palmi. Aveva un vago odore di spezie ricche e agrumi e di un delizioso muschio.

Respirai il suo profumo mentre tutto mi ritornava in mente. L'asta. La fuga. Come Khrys mi aveva toccata e mi aveva procurato un piacere indicibile. Il calore mi pulsò tra le gambe al ricordo. O forse era la sensazione del suo corpo sodo contro il mio più morbido. Mi resi conto che stavo facendo scorrere le mani sui suoi pettorali, esplorando libera-mente le linee scolpite dei muscoli, e mi bloccai.

«Quanto tempo ho dormito?» Mi stiracchiai, aspettan-domi di sentire dolore per la nostra fuga o addirittura una fitta al sedere per le sculacciate, ma tutto era tornato completamente alla normalità. Il mio corpo era forte e agile come sempre.

Per un attimo ritornò il panico e le mie mani volarono a controllare, ma scoprii che la custodia con la mia medicina era ancora lì. La aprii e tirai fuori il contagocce, aspettandomi ancora che Khrys me lo portasse via all'improvviso o mi negasse la dose intera.

Lui osservò in silenzio, poi si alzò dal letto e mi offrì la mano, come se fossi una creatura delicata che aveva bisogno del suo aiuto per alzarsi dal letto. Avrei voluto schernirlo, ma il fatto era che nessun essere mi aveva mai mostrato alcuna considerazione, e non potevo negare il caldo formicolio che mi provocava ovunque.

Gli presi la mano e scesi dal letto, guardando il piccolo dormitorio. Avevamo dormito insieme? Tutta la notte? Anche se sapevo che non era successo nulla, il pensiero mi fece battere forte il cuore.

«C'è un lavatoio nel bagno. Sai come usarne uno?»

Scossi la testa.

«Vieni, te lo faccio vedere.»

Mi portò alla struttura e premette un pulsante. Una porta pneumatica di una camera cilindrica si aprì scorrendo. Mi spinse dentro e io mi tirai indietro e resistetti, improvvisamente spaventata da qualunque cosa stesse cercando di farmi.

«Tranquilla, piccola guerriera. Serve solo per lavarsi, non è una prigione.» Fece un passo indietro per permettermi di allontanarmi. «Ecco, andrò per primo.» Entrò nel cilindro. «Devi toglierti i vestiti ed entrare. Questo pulsante attiva il lavaggio.» Indicò un pulsante sulla parete interna. «Lo sportello del tubo si chiude e il cilindro si riempie di acqua e sapone, quindi si svuota, ti risciacqua e soffia aria calda per asciugare la pelle.»

Il mio stomaco era ancora contratto in modalità difesa. Avrebbe potuto essere una specie di trucco. Non avevo mai visto un dispositivo del genere prima.

Khrys mi lanciò un'occhiata e dovette capire che ancora non mi fidavo di lui. Le sue antenne si sollevarono e si separarono. Aggrottò la fronte ed uscì. Feci un rapido salto indietro. Il suo cipiglio si fece più profondo. «Kailani, guardami», mi ordinò.

Si sfilò dalla testa la tunica bianca. Deglutii, guardando il petto, il suo massiccio tronco nudo, potente e muscoloso. Una mappa viola-rosato di crinali e valli. Tenne il mio sguardo mentre si toglieva gli stivali, poi infilò i pollici nella cintura dei leggings e li abbassò. Non indossava biancheria intima sotto e il cazzo semiduro saltò fuori e ondeggiò.

Provai a deglutire senza successo. Quando alzai lo sguardo dalla sua mascolinità, mi stava ancora fissando. Le iridi marroni sembravano essere diventate viola. Le antenne si erano ispessite e si inclinavano verso di me. «Si fa così» disse, facendo un passo indietro nella doccia, senza distogliere lo sguardo dal mio.

I capezzoli mi si strinsero sotto i vestiti che mi aveva fornito. Il curioso calore che aveva suscitato ieri dopo la punizione ritornò: un calore che mi si avvolse nel basso ventre, tra le gambe.

Non intendevo farlo, ma in qualche modo mi ritrovai a fare un passo avanti, come se fossi attratta magneticamente dal suo corpo quando si allontanava. Continuava a tenermi prigioniera con il suo sguardo intenso. Lateralmente, vidi il suo cazzo diventare più rigido, puntato verso di me mentre lui premeva il pulsante sulla parete della doccia.

La porta si chiuse impedendomi la vista. Feci diversi respiri profondi per calmarmi mentre il suono dell'acqua che scorreva nel tubo mi riempiva le orecchie. Il bagno si riempì di vapore.

Non c'era più niente da vedere – la porta era chiusa – eppure rimasi nello stesso posto, a fissare il lavatoio come se potessi vedere attraverso le pareti e osservare il gigantesco guerriero che si faceva il bagno.

Lo trovava piacevole? L'acqua doveva essere calda, visto che la stanza si era appannata. Qualcosa cambiò e l'acqua smise di scorrere. Un gorgoglio indicò lo scarico dell'acqua. Un profumo di agrumi e spezie riempì la stanza: doveva essere il sapone. Sentii che i motori prendevano vita: i ventilatori a cui si riferiva. Quindi la porta pneumatica si aprì. Anche se l'avevo visto nudo solo un attimo prima, lo spettacolo meraviglioso mi colpì di nuovo con tutta la sua forza. Un maschio viola enorme e muscoloso invadeva tutti i miei sensi. Le sue antenne ispessite e il suo cazzo puntavano entrambi verso di me come se fossi la loro bussola verso casa.

Mi precipitai in avanti per prendere i suoi leggings e porgerglieli come una schiava domestica perché ero troppo colpita da quella vista, più di quanto avrei voluto.

«Pronta a provare?» rimbombò.

Provare…? Tutto quello a cui riuscivo a pensare era il suo cazzo. Ero pronta a provare il sesso? Pronta a provarlo. Pronta a cavalcare quel membro enorme e spesso.

Ma poi capii... doveva intendere il tubo di lavaggio.

«Oh! Uhm, sì.» Scossi la testa. «Sì, ci proverò adesso. Grazie.» Sembravo senza fiato.

Si infilò i leggings e prese la tunica, ma non se la mise. Non accennò ad andarsene.

«Io, ehm, non ho bisogno di aiuto» dissi in fretta. «Penso di aver capito adesso.»

Inclinò la testa ed uscì dal bagno, chiudendo la porta dietro di sé. Sentii la sua perdita ovunque. Feci addirittura un passo verso la porta come per seguirlo, per richiamarlo e dirgli, davvero, se poteva mostrarmi di nuovo il tubo di lavaggio...O forse, entrarci dentro con me e lavarmi con quelle sue enormi mani viola?

Scossi la testa per schiarirmi i pensieri e mi tolsi i vestiti. Nel lavatoio premetti il pulsante come aveva indicato. L'acqua iniziò a scorrere da tutti i lati, molto più veloce di quanto mi aspettassi. Soffocai un grido di sorpresa. L'acqua era calda, estremamente piacevole, semplicemente vigorosa. Massaggiava il mio corpo in una dozzina di punti con forti getti. Il tubo di lavaggio si riempì rapidamente. In un attimo mi toccò la vita. Poi le spalle. Si sarebbe fermata?

Alzai la testa verso il soffitto, improvvisamente terrorizzata di annegare. Feci un respiro profondo prima che mi coprisse la testa! Aprii gli occhi e il sapone li pizzicò. Li richiusi di nuovo. Proprio mentre il panico cominciava a salire, il livello dell'acqua scese, prosciugandosi con la stessa rapidità con cui si era alzata.

L'odore agrumato mi riempì le narici, facendomi pensare a Khrys, anche se adesso avrei avuto anch'io questo profumo. Flussi d'acqua più sottili mi spruzzarono il corpo, sciacquandolo dal sapone, e poi l'aria calda soffiò veloce e forte, asciugando ogni goccia.

La porta si aprì automaticamente e mi ritrovai riluttante a uscire. Mi dispiaceva che fosse finita. Ora che sapevo come funzionava, volevo rifarlo. Avevo avuto pochissimi momenti nella mia vita in cui il mio corpo aveva provato piacere. Uno di questi era stato ieri sera quando Khrys mi aveva portata all'orgasmo.

Questa mattina, quando mi ero svegliata tra le sue braccia.

Ora questo.

Tutte le esperienze erano state nuove e di conseguenza un po' stressanti, quindi me le ero godute solo a metà.

Questo potevo semplicemente ripeterlo premendo un

pulsante. Ma sarebbe stato uno spreco? Khrys mi avrebbe rimproverata?

Il pensiero del suo rimprovero mi fece stringere l'interno delle cosce. Forse volevo ripetere anche quell'esperienza.

Spinsi di nuovo il pulsante, un sorriso sconosciuto mi incurvò le labbra mentre il ciclo ricominciava.

* * *

KHRYS

OH, *kazo*. Appoggiai la fronte contro la porta del bagno e strinsi il mio membro palpitante.

Il modo in cui la piccola guerriera mi aveva guardato dopo che ero uscito dalla doccia mi faceva ancora venire i brividi. Aveva guardato il mio cazzo come se avesse voluto sapere che sapore aveva. Come si sarebbe sentita a cavalcarlo velocemente e con forza. La sua paura del tubo di lavaggio era scomparsa e il desiderio ribolliva lì sotto.

Avevo annusato la sua eccitazione. Conoscevo quell'odore inebriante adesso, dopo la notte scorsa. Sapeva di calde torte al miele e stelle zandiane.

Quando la sentii riavviare il tubo di lavaggio, gemetti. Il pensiero di lei lì dentro, nuda.

Oh stelle, era così bella!

La volevo. Di brutto.

Ma non era mia. Il suo scopo su Zandia era molto più importante dell'accoppiamento e della riproduzione. Avrebbe potuto essere la risposta all'epidemia Z4-A che colpiva le generazioni più giovani. Lei era troppo importante. E considerando quanto ero caduto in basso con re Zander, non riuscivo a immaginare che avrebbe accettato una qualsiasi mia richiesta sull'accoppiarmi con lei.

Dovevo comunque conquistare la sua fiducia. Legarla a me per ora, così da renderla disponibile. La sua esistenza fino ad ora era stata orribile. Sapevo con certezza che Zandia sarebbe stato un posto molto più gentile, ma questo lei ancora non lo sapeva.

Speravo che darle il controllo della sua medicina e andare a recuperare i fiori necessari per farne di più sarebbe stato sufficiente a garantire la sua fiducia in me e nella mia specie.

Strinsi di nuovo il cazzo da sopra i leggings. Calma ragazzo. Reclamarla sarebbe stato sbagliato. Non volevo portarla a credere che potevo accoppiarmi con lei quando c'era la possibilità che finissi nei sotterranei per questa bravata.

Naturalmente speravo che non fosse così. Speravo che questo ristabilisse il mio onore, ma sarebbe potuta andare diversamente.

Mi costrinsi ad allontanarmi dalla porta del bagno e tornai ai comandi. Doveva essere quasi ora di far atterrare la navicella.

* * *

KAILANI

Dopo la doccia, trovai un pettine in bagno e mi pettinai i capelli. Mi guardai allo specchio, sentendomi, per la prima volta nella mia vita, bellissima. Non ero sicura se fosse per aver coccolato il mio corpo nel tubo o per il modo in cui mi guardava lo zandiano. Tutto quello che sapevo era che la sensazione non era spiacevole.

Per tutta la mia vita, questo corpo era stato uno strumento dei kraa. Qualcosa da tagliare, intagliare e cambiare. Qualcosa da utilizzare per i loro scopi.

Non avevano alcun interesse per la mia bellezza. Non ero fatta per la riproduzione. Non potevo paragonare la mia esistenza a quella delle schiave da riproduzione. Non sapevo se la loro fosse più facile o più difficile. Tutto quello che sapevo era che la sessualità era mancata nella mia vita fino alla precedente rotazione del pianeta.

Fino a Khrys.

All'improvviso non odiavo più il mio corpo come prima. In effetti, quasi... mi piaceva.

La navicella si abbassò e rimbombò e mi resi conto che stavamo atterrando. Uscii dal bagno per mettermi dietro Khrys e guardare attraverso le finestrelle. Premetti la faccia contro il vetro. Era così spesso che non c'era alcun gradiente di temperatura dall'esterno. Il materiale dava lo stesso calore dell'aria intorno a me.

«È buio.»

Annuì. «Siamo in un campo disabitato, ammantato. Siamo al sicuro. La prima luce arriverà presto. Saprai riconoscere i fiori?»

«SÌ.» Almeno lo speravo.

«Allora verrai con me. Potrebbe essere necessario che entrambi cerchiamo di trovarli. Dovresti prepararti e mangiare qualcosa prima.»

«Oh.» Mi si agitò lo stomaco e guardai di nuovo la panca: la mia custodia era ancora lì. «Bene.» Tornai di corsa a toccarla. Non avevo mai avuto un figlio, ma immaginavo che fosse così che si sentiva una madre quando non riusciva a perderlo di vista.

«Fa freddo e potrebbe piovere; avrai bisogno di questa giacca.» Mi porse un indumento elegante con cappuccio. «È resistente agli agenti atmosferici. Ricorda che l'aria è più rarefatta di quella del tuo vecchio pianeta, quindi all'inizio potresti sentirti un po' senza fiato.»

Misi la giacca accanto alla custodia mentre usavo il bagno della navicella e mangiavo un pacchetto di cibo. «I miei polmoni sono più potenti di quelli di un normale essere umano.»

Annuì. «Lo so.»

L'eccitazione iniziò a crescere. Pericolosa o no, questa era un'avventura: la mia prima in assoluto. «Posso andare in giro senza i padroni Kraa.» La mia voce doveva contenere un'eccitazione estrema.

«Che cosa?» Si voltò dalla console dove stava leggendo alcuni documenti olografici.

«Non ho mai potuto camminare liberamente sul pianeta.» Scossi la testa. «Ho trascorso la maggior parte del mio tempo in un laboratorio o talvolta in un piccolo cortile all'aperto con le sbarre insieme alle altre umane per fare un po' di esercizio.»

Sembrò sofferente, quindi aggiunsi: «Ma ormai è tutto alle mie spalle.»

«Sì.» Distolse lo sguardo. «Dobbiamo stare attenti. Seke ha mandato... ah, ho cercato tutte le informazioni che ho trovato su Dentron.» Si schiarì la gola. «Come hai detto, la gente del posto non è avanzata: sono feroci e uccidono gli estranei a vista. Usano frecce avvelenate che possono percorrere quasi un chilometro. Ma ho trovato un campo lontano dalle loro abitazioni. Speriamo che abbia i fiori.»

«Va bene.» Stavo per chiedere chi o cosa fosse un Seke, quando pallide strisce di luce iniziarono a snodarsi nel cielo alieno, dita cerulee e rosa contro il nero inchiostro. Senza preavviso, diversi soli irradiarono luce, come se fossero stati accesi da un gigante invisibile.

«Oh!» sussultai. «È bellissimo, non ho mai visto niente del genere.»

«Adorerai Zandia.» Il suo volto si aprì in un sorriso e sembrò che si stesse concentrando su qualcosa di molto distante. «Abbiamo tramonti meravigliosi. E c'è una cascata con una grotta di cristallo. Quando le luci brillano, è semplicemente...» Scosse la testa, apparentemente senza parole. «I cristalli sono potenti e curativi, almeno per la mia specie. Ma penso che anche alcuni esseri umani li percepiscano così.»

«Mi piacerebbe vedere una cascata.»

«La vedrai.»

«Gli esseri possono semplicemente andare a vederla? Serve un permesso?» Stavo cercando di capire.

«È aperta a tutti gli zandiani.»

«Potrei venirci con te? Mi porterai lì quando arriveremo? Mi piacerebbe vederla.»

Il suo sorriso si attenuò. «Ti ci porterò appena posso. Adesso concentriamoci sulla missione.» Si alzò e prese qualcosa da un armadietto. Aprì un pacchetto.»

I miei sensi si allertarono quando sentii l'odore pungente dell'alcol medicinale, la miscela raffinata utilizzata per garantire che i kit di inoculazione umana fossero privi di germi. Prima di rendermi conto delle mie azioni, emisi un ringhio basso e rimasi in modalità attacco, con il cuore che batteva forte.

«Cosa fai?» La mia voce era feroce anche se l'adrenalina mi faceva venire la nausea dall'ansia. «Cosa hai in mano?»

La cosa, lunga e sottile, brillava alla luce. indietreggiai.

«Stelle, Kailani.» Mi guardò con preoccupazione. Notai che anche lui ora se ne stava sull'attenti, pronto a parare o attaccare. «È una vaccinazione per te. Per proteggerti dalle infezioni batteriche che potresti prenderti sul pianeta. C'è una specie di insetto qui che trasporta un batterio che...» Si interruppe quando iniziai a iperventilare.

«No.» Scossi vigorosamente la testa. Potevo anche essere migliorata, ma la mia capacità di provare paura sembrava essere solo aumentata. L'ultimo ago che mi era scivolato sotto la pelle era stato quello per prepararmi per una procedura che mi ritornava ancora in mente negli incubi. Respirai più velocemente.

«Kazo.» Mise giù l'ago.

Il tintinnio che fece sulla superficie della sua console mi fece rabbrividire di rinnovato orrore, mentre i ricordi di kraa mi lampeggiavano in mente vividi. Uno strano suono intermittente riempì l'astronave. Mi resi conto che ero io, che respiravo a singhiozzo. Mi sedetti e mi abbracciai, con il petto ansimante.

Khrys apparve davanti a me. «Kailani!» Mi sollevò e mi prese tra le sue braccia. «Tranquilla, piccola guerriera.» Mi toccò il polso, il collo, il viso. «Stai bene. È tutto a posto.»

Non riuscii a fermare il violento tremore delle mie membra. «No» lo contraddissi.

«Parlarmi. Cosa c'è che non va?»

Inspirai. Il mondo era pieno di elettricità statica. La sensazione delle sue mani calde mi riportò indietro e tornai alla realtà. Tremai e mi appoggiai al suo corpo, cercando di dimenticare ogni ultima immagine nella mia mente.

Dopo qualche secondo, mi costrinsi a respirare lentamente. «Sto bene adesso.» Sebbene la sensazione del suo corpo fosse fortificante, mi sedetti con la schiena dritta. «Non voglio parlare di questo.»

«Non possiamo avere quei fiori finché non lo fai.» La sua voce era gentile ma ferma. «Ti ho persa per un attimo. Devo capire cosa è successo.»

Le sue braccia mi circondavano dolcemente mentre elaboravo le mie emozioni. Avevo bisogno di quei fiori; pertanto, dovevo soddisfare la sua richiesta. Se ci pensavo in modo spassionato potevo dirglielo.

«Ogni vaccinazione che ho ricevuto era un agente paralizzante muscolare.» Non lo guardai in faccia. Invece, guardai i lampi di colore fuori dal finestrino. «I kraa spesso hanno apportato i miei potenziamenti mentre ero paralizzata ma non addormentata. A loro non importava se sentivo dolore, perché avevano bisogno che fossi vigile, in modo da poter controllare la mia attività cerebrale per vedere se le loro procedure avevano successo. Se mi ero comportata come una brava schiava prima, potevano aggiungere un po' di agente paralizzante, ma non molto.»

Mi morsi il labbro. «La vista dell'ago mi ha riportata a quei momenti. La mia mente sapeva che era diverso, ma il mio corpo no.» Mi si spezzò la voce. Il panico crebbe di nuovo, quindi feci un respiro profondo, poi un altro.

«Non lo sapevo.» La sua voce sembrava piena di dolore. «Mi dispiace.»

Indicai l'altra parte della stanza. «Sono abbastanza forte. Posso resistere a qualsiasi virus umano, comunque. Non ne ho bisogno.» Sbattei le palpebre. «Per favore, mettilo fuori dalla mia vista. Starò bene sul pianeta. È stato un panico momentaneo. Tutto qui.»

«Kailani.» Sospirò. «I batteri su questo pianeta sono diversi da un virus. Possono ancora farti ammalare gravemente. Io ne sono immune, ma se lo riportassi indietro, potrebbe ucciderti.»

CAPITOLO SEI

K *hrys*

Kazo. Questa complicazione, inaspettata e intensa, avrebbe potuto impedirci di recuperare la sua scorta di fiori prima che io dovessi riportarla a Zandia. Questa deviazione da sola, che avrebbe potuto farci perdere una rotazione solare, tempo prezioso in cui i mezzosangue su Zandia avrebbero continuato ad ammalarsi. Semplicemente non avevamo il tempo di aspettare ancora affinché potesse dominare il panico.

Ma oltre a ciò, vederla così angosciata mi colpiva fisicamente. Ora capivo perché dicevano che gli esseri umani suscitavano emozioni nella mia specie normalmente stoica. Il bisogno di proteggerla dal suo dolore mi travolse.

Mi sedetti sulla panca e la tirai giù sulle mie ginocchia.

«Sei più forte di quanto pensi.» La girai, così da poterla guardare in faccia. «Puoi farlo.»

«Io... io davvero non credo di poterlo fare.» Scosse la testa. Aveva un atteggiamento completamente abbattuto e teso.

«Sei sopravvissuta così a lungo.» Le toccai la guancia. «So

71

che puoi sopportare un'inoculazione in più perché sei forte. Ci hai aiutati a scappare. Sei brillante. Hai perseveranza e coraggio.»

Lei sbatté le palpebre, con gli occhi spalancati. «Oh. Pensi davvero queste cose?»

«Nessuno te lo ha mai detto prima?» Maledissi l'universo per aver messo questo incredibile essere umano in una situazione così orribile.

«Ero apprezzata dai kraa per la mia funzionalità. Non per me stessa.» Aggrottò la fronte. «Ero uno strumento per loro. Con l'aggravante che, inopportunamente, ero viva, pensante e con dei sentimenti.»

Se avessi potuto, avrei ucciso fino all'ultimo kraa esistente solo per darle un senso di chiusura. «Intendevo ogni parola.» Feci una pausa e scelsi con cura le parole successive. «E se ti siedi qui, proprio così, e ti faccio il vaccino? Puoi dirmi tu quando farlo. Oppure potresti anche fartelo da sola.»

Tremò ma non disse di no. Guardò di nuovo il finestrino e capii cosa stesse pensando.

«Il tempo cambierà. Se non prendiamo i fiori presto, arriveranno le piogge e rovineremo il polline per questa stagione. Abbiamo una finestra di opportunità molto breve.»

Lei sospirò e torna a guardarmi. «Va bene. Fallo tu.»

«Bene.» Presi il dispositivo dalla console.

Tutto il suo corpo si fermò mentre la riprendevo tra le mie braccia.

«Non posso guardare.» Si schiarì la gola e lasciò rapidamente il cibo sul pavimento liscio della cabina.

«Lo sto preparando adesso. Farà rumore e sentirai l'odore dell'alcol, ma non toccherò la tua pelle finché non dirai di sì.»

Alzai il cappuccio protettivo e lei sussultò, forte, così forte che tutto il suo corpo si scagliò contro il mio con forza.

La tenni ferma. «Non farà male, nemmeno a un essere

umano. Quando mi faccio le vaccinazioni, sento una brevissima puntura di spillo e una sensazione di freddo mentre il medicinale penetra nei tessuti. Ci vorrà solo un millisecondo.»

«Va bene.» Annuì e chiuse gli occhi. Fece un respiro profondo. «Fallo.»

In un lampo, le premetti l'elegante cilindro sul braccio e spinsi lo stantuffo. Bastò un breve clic, era fatta.

Era così immobile che non riuscivo a capire se fosse svenuta o no. Poi disse: «Tutto qui?»

Ritirai il dispositivo esaurito. «Fatto.»

«Così?» Aprì gli occhi. Si toccò il braccio. «Non fa male.» Mi guardò e le si riempirono gli occhi di lacrime. «Non hai mentito.» Deglutì. «Sto bene. Niente chirurgia.»

All'improvviso scoppiò in singhiozzi, le sue spalle si sollevarono con grida così profonde e lunghe che la afferrai di nuovo.

«Non posso credere di non essere in quella cella» tirò su con il naso tra i sussulti del suo corpo. «Di proprietà dei kraa. È quello che desidero da così tanto tempo, e ora che sono fuori...» Si strinse a me, come se stesse cercando di fondersi con la mia pelle. «Non so nemmeno come farlo. Come vivere in un nuovo ambiente.»

«Lo scoprirai.» Le accarezzai i capelli. «Non è necessario fare tutto in una volta.»

«Non posso tornare in cattività e farmi usare per la sperimentazione ogni volta che vogliono. Non posso proprio. La possibilità che potessi... è quasi peggio che non essere libera. È così terrificante.»

«Sei al sicuro adesso.» La tenni finché non finì di piangere.

I soli si alzarono più in alto nel cielo e doppi raggi di luce fluirono da direzioni opposte, proiettando un intricato disegno di ombre sui nostri corpi.

Lei mi guardò e si passò una mano sugli occhi. C'era della pace e una nuova determinazione. Era tornata di nuovo padrona di sé.

«Sono pronta. Dimmi cosa devo fare.»

* * *

KAILANI

«Stai dieci passi dietro di me» sussurrò. «Segui le mie orme.»

«Ricevuto.» Ero molto più bassa di lui, ma il mio passo era lungo perché usavo i muscoli potenziati per saltare da un punto all'altro dove lui aveva schiacciato l'erba fresca alta fino alla vita con i suoi grandi stivali.

«Il tuo respiro va bene?» Mantenne lo stesso ritmo mentre il cielo assumeva gradualmente più colori, i rossi sfrecciavano attraverso il blu e il rosa. C'erano anche delle nuvole, di quelle che scoppiavano di umidità. Finora il clima era asciutto, il che era una buona notizia. Potevamo prendere i fiori finché erano intatti.

«Bene. Sì.» Ci erano voluti alcuni minuti di profonde boccate d'aria, ma i miei forti polmoni si erano adattati ancora più velocemente di quelli zandiani.

«Sto bene.» L'aria fredda sulle guance mi esaltava. Persino il pensiero della gente pericolosa del posto non poteva smorzare la sconfinata gioia di andare in giro senza che i padroni di schiavi kraa guardassero ogni mia mossa. E aver padroneggiato l'inoculazione con il suo aiuto? Mi aveva fatta sentire invincibile. Avevo fatto una cosa che rientrava nei miei peggiori incubi ed ero sopravvissuta.

«Ho scaricato una mappa agricola del territorio sul mio dispositivo. Cammineremo per un paio di chilometri in direzione sud-est, e dovremmo raggiungere un campo dove potremmo trovare dei fiori.» Si girò a guardarmi.

«Come hai ottenuto una mappa del genere?» Saltai attraverso una zona erbosa e paludosa, il fango nero filtrava tra spesse radici grigie.

«Gli zandiani hanno informazioni su molti pianeti nelle galassie.» Le sue spalle sembravano rigide. Sentivo che la sua voce era diversa da prima, quasi come se mi stesse nascondendo qualcosa.

All'improvviso sentii qualcosa. D'istinto, lo afferrai per la manica. «Passi a sinistra. Stai giù.»

Mi tuffai subito e mi annidai nell'erba. In un lampo fu accanto a me, la sua testa era a pochi centimetri dalla mia. Non era né il momento né il luogo, ma il calore del suo corpo e le sue labbra così vicine mi ricordarono quello che avevamo fatto sulla navicella, quando mi aveva sculacciata e mi aveva dato piacere.

«L'hai sentito prima di me.» La sua voce esprimeva riluttante ammirazione. «Buon lavoro.»

«Intervento cocleare quando avevo otto cicli solari. Non riesco a capire se si tratti di esseri senzienti o animali.» Repressi il mio impeto di orgoglio per le sue lodi. Parlare dell'intervento chirurgico non provocò l'ondata di orrore che sentivo di solito: che si trattasse della sua presenza o del fatto che avevo potuto scegliere se fare un vaccino, avevo più controllo sulle mie emozioni.

Inclinò la testa. «Penso che siano a quattro zampe. Vado a controllare. Stai giù.» Mi passò la mano sulla schiena e si accovacciò rapidamente, così agilmente che alzai le sopracciglia. Scrutò sopra l'erba alta. «È una specie di antlex, un branco di dieci.»

Esaminò l'orizzonte in tutte le direzioni. «Ci sono alcune mandrie intorno a noi. Dovrebbero essere innocui: erbivori. Placidi.»

Si alzò e mi allungò una mano.

«Grazie.» Sorrisi mentre mi alzavo e mi guardavo

intorno. Non avevo mai visto un animale selvatico prima. Le bestie al pascolo erano striate di marrone e bianco, colori che si fondevano con il paesaggio. Le loro corna erano incredibilmente arricciate, torsioni a spirale che brillavano di ambra alla luce. Per me erano spettacolari. «Siamo al sicuro.»

«Sembra di sì» disse, ma aggrottò la fronte. Esaminò di nuovo la distanza e sbatté le palpebre. «Non vedo nient'altro.» Esitò, come se qualcosa lo preoccupasse. Alzò lo sguardo al cielo, dove i precedenti splendidi rosa e arancioni erano stati oscurati da spesse nuvole grigie, lunghe come coperte. «Andiamo avanti prima che il tempo cambi.»

Si stava muovendo di nuovo velocemente, quasi correndo, e nonostante le mie gambe molto più corte, riuscivo a tenere il passo senza sforzo, grazie ad anni di terapia farmacologica per il potenziamento delle fibre muscolari.

In un minuto ci avvicinammo a una piccola macchia di alberi ispidi, quasi come una linea del vento, e oltre c'era un vasto campo di fiori. Alcuni, più piccoli ma non per questo meno belli, crescevano tra gli alberi. Tutti i fiori erano blu, ma i miei occhi si concentrarono su quelli che ricordavo: questi erano quelli di cui avevo bisogno, li riconoscevo.

Ripresi fiato. «Sono davvero qui.»

Il sollievo che provai fu quasi insopportabile. «Possiamo prenderli.» Mi si bloccò la voce. Mi accovacciai e allungai la mano, toccando quello più vicino. Con questi potevo sopravvivere senza i kraa. «Posso prenderli.» I petali erano morbidi ed elastici e il mio dito scivolò dolcemente lungo lo stelo. «Guarda, Khrys. Vedi come questo ha una leggera lucentezza?» Lo toccai leggermente. «Questo è quello giusto.» Indicai il fiore accanto. «Questo è più scuro, solo un po'. Non ha il polline giusto.»

Anche lui lo guardò attentamente, si chinò per esaminarlo. «Capito.»

Sentii il profumo del fiore. «È come la rappresentazione della vita.» Chiusi gli occhi per un secondo.

«Non abbassare la guardia adesso» mi avvertì Khrys. Era di nuovo in piedi e la sua posizione era quella di un guerriero, che si guardava intorno. «Lavora velocemente. Ho un brutto presentimento riguardo a questo posto.»

«Siamo soli, a parte gli antlex. Giusto?» Era bello e vuoto, anche con il cielo sempre più scuro, solo noi e alcuni animali lontani e i campi ondulati, per chilometri, a perdita d'occhio. C'era anche una mandria di antlex più vicino. Il loro odore muschiato si diffondeva nella brezza, mescolandosi al profumo fresco dei campi.

«Perché hai una brutta sensazione?» Dopotutto era un guerriero. Avrei dovuto prestare attenzione alla sua intuizione. Mi alzai e controllai la zona, ma non vidi né sentii nulla di insolito.

«Sembra troppo facile.» Abbassò la voce. «Non sono abituato alle situazioni semplici. Ma l'unica cosa che vedo in giro sono le bestie.» Scosse la testa. «Tieni gli occhi aperti mentre lavori.»

Mi tolsi la prima borsa di tela dalla spalla, mi infilai i guanti e presi le cesoie. Tenendole nella mano guantata, mi chinai. «Prendine più che puoi» lo esortai, ma lui era già all'opera e aveva mezzo sacchetto pieno.

Gli steli erano spessi e ricchi di canne, ma le lame affilate li tagliavano come fossero fatti di acqua. I fiori blu pallidi erano carichi di denso polline giallo. Nelle piante più mature le teste pendevano basse, appesantite dal loro tesoro dorato.

«Sono tantissimi» sussurrai, ammucchiando un fiore dopo l'altro nella mia borsa. Per capriccio, assaggiai un po' di polline, chiedendomi se dosi extra potessero tenermi senza mal di testa più a lungo. Aveva un sapore neutro, ma era stranamente attraente, quindi ne mangiai di più. Poi infilai dei fiori nella tasca della giacca, nel caso ne avessi bisogno in seguito. Sentivo l'urgenza di averli sempre con me.

«Su Zandia abbiamo esperti di agricoltura che possono capire come farli crescere.» Khrys mi guardò. «Umane, Kailani.» Stava scavando sotto alcuni di essi per recuperare le radici e li stava mettendo in sacchetti con supporto.

«Schiave?»

«Non schiave. Le umane devono avere uno sponsor zandiano, un padrone, se vogliono, e devono essere membri contribuenti della società, ma sono libere. Te l'avevo detto.»

«Libere ma con padroni.»

«Sì. Di solito è il loro compagno.»

Compagno. Gli lanciai uno sguardo, il calore mi vorticò improvvisamente tra le gambe.

Sarebbe stato il mio compagno? Il mio sponsor?

Il mio padrone? Prima odiavo quella parola, ma ricordando il modo in cui mi aveva rimessa in riga sulla navicella, forse non avrei trovato un padrone del genere così poco attraente.

Lanciai un'occhiata furtiva alle sue mani incredibilmente grandi. Il modo in cui le sue antenne si inclinavano e puntavano nella mia direzione quando mi sorprendeva a guardarlo. Le sue narici si allargarono come se avesse percepito il mio odore, e io arrossii, realizzando, all'improvviso, cosa stava annusando.

La mia eccitazione. Ero bagnata per lui. Come sarebbe stato accoppiarsi con un maschio di questo tipo? Non avevo mai pensato a una cosa del genere senza rabbrividire, ma ora mi ritrovavo improvvisamente piuttosto interessata.

Scossi la testa. *Concentrati, Kailani.* Avevamo dei fiori da raccogliere.

Muovevo freneticamente le mani mentre raccoglievo quanti più fiori potevo, riempiendo il sacchetto finché non fu stracolmo e dovetti spingere i fiori verso il basso per serrare la chiusura a tenuta stagna. Poi iniziai a riempire il sacco successivo.

«Sto prendendo anche i semi essiccati.» Tagliò alcuni fiori appassiti e li scosse in un altro contenitore.

Il cielo rimbombò. Calò una nebbia improvvisa, una nebbia a chiazze, più fitta in alcune zone, vorticosa come fumo. «*Kazo*, questo tempo è strano. Dobbiamo andarcene presto. Finiamo qui.» La voce di Khrys era tesa.

Alzai lo sguardo. Le nuvole si erano scurite e sembravano più basse. L'aria era più densa?

«Penso che ci sarà una tempesta a breve» sussurrai. «La pressione sta cambiando rapidamente. Lo sento nel mio corpo.» Mi toccai le orecchie e il petto.

Khrys annuì. Disse qualcosa, ma venne soffocato da uno schianto più forte dal cielo, come se dei massi cadessero giù da uno scivolo di metallo. L'antlex più vicina si irrigidì; una agitò la coda e l'altra tacque, girando la testa di lato. Senza preavviso, sentii il disagio che Krys sembrava aver avvertito prima, ma non sapevo dire perché...

All'improvviso le antenne di Khrys si alzarono. «Kailani!» Il suo tono era tagliente. «Stai giù. *Ora*.»

Mi afferrò e mi tirò forte il braccio, e io crollai accanto a lui sulla terra battuta, schiacciando i fiori sotto il corpo. Qualcosa ronzò sopra la mia testa e il fiore accanto a me venne staccato dal gambo. Da una freccia.

«Non siamo soli. Gli abitanti di questo posto ci hanno trovati.»

Il mio respiro si fece veloce e premetti la guancia sulla terra e sui detriti ruvidi di vecchi steli e foglie, secchi e graffianti. Salì il profumo delle foglie e dei fiori schiacciati, verdi e legnosi. «Dove?»

«Davanti. E dietro di noi. Ci hanno circondati. *Kazo*. Devono aver usato le mandrie di antlex come copertura.»

«E ora che stanno attaccando, gli animali hanno paura.» Allungai la mano e toccai il sacco. «Dobbiamo andarcene.»

«Ecco.» Khrys trafficò con la cintura e fece scivolare qualcosa verso di me. «È una pistola laser. L'ho impostata su stordimento elevato. Usala quando ne hai bisogno.»

Non esitò nemmeno per un secondo. Il fatto che mi affidasse un'arma vera – qualcosa che invece avrei potuto usare contro di lui e ucciderlo – mi riempì di tale gratitudine ed emozione che non riuscii a concentrarmi sul pericolo per un secondo.

Ne aveva un'altra e aggiustò qualcosa sull'impugnatura. «Combatteremo per uscire da questa situazione.»

Mi morsi il labbro, dimenticandomi dell'ondata di sentimenti: tutto ciò che esisteva adesso era la nostra fuga. «Quando?»

«Presto» disse brusco. «Aspetta il mio comando.»

Esaminai la zona, ma non vidi nulla. «Dove?» Non potevo credere che i miei occhi potenziati non riuscissero a trovarli. La nebbia mi giocava brutti scherzi, mostrandomi figure dove non ce n'erano, nascondendo gli esseri reali. «Non li vedo.» Il mio corpo iniziò a tremare di paura e frustrazione. «Perché non li vedo? Con i miei occhi, dovrei.»

«Sono mimetizzati.» Sembrava disgustato da sé stesso. «Avrei dovuto prevederlo. Puntala verso il petto di un essere e premi il grilletto. Non sussultare. Il mirino laser ti mostrerà quando sei agganciata.»

«Non riesco ancora...»

L'erba attorno a me iniziò a muoversi. Il gruppetto di fiori più vicino si alzò e si mosse verso di me, con braccia, gambe e un viso. Urlai. Non riuscivo a capire cosa stesse succedendo, e prima che mi rendessi conto che si trattava di un essere vestito con un abito di fogliame abilmente creato, una freccia mi volò in faccia...

«Muoviti!» Khrys mi afferrò e sussultò. Il mio braccio

esplose dal dolore per lo strattone, ma la freccia mi passò accanto senza fare alcun danno, così vicina al mio orecchio che sentii il tocco della coda di piume. «Spara, Kailani. Ora.»

Alzai l'arma. Mi sforzai di concentrarmi e di entrare nella modalità di attacco che mi aveva aiutata così tanto all'asta. Quando il mondo rallentò, capii di avere raggiunto il punto giusto. Un essere del posto emerse dalla nebbia e alzò un arco sulla spalla; avevo l'arma già pronta e sparai, facendo cadere l'essere a terra. Poi ne colpii un altro.

Dietro di me, Khrys lanciò un grido spaventoso e sparò velocemente, facendone cadere almeno cinque. «Ce ne sono tantissimi» gridò. «Almeno quaranta. La nostra unica opzione è spaventarli e costringerli a ritirarsi.»

Finora la gente del posto non aveva vacillato. Uno stormo di frecce volò, cantando nell'aria con grida alte e lusinghiere. Mi abbassai e mi girai, usando la mia vista potenziata per prevedere dove sarebbero cadute, ed evitai a malapena l'attacco.

«Non toccare assolutamente la punta della freccia a terra» ordinò Khrys. «Non so che quantità della tossina sia fatale per noi.»

Sparò con le sue pistole laser. Grida e urla straziate si levarono dagli indigeni mentre un corpo cadeva pesantemente.

Quando Khrys sparò di nuovo, l'atteggiamento degli abitanti cambiò. Ruggirono all'unisono, le voci si fusero in una sinfonia di rumori, gonfiandosi come un tuono nel cielo. Poi corsero verso di noi, mentre le frecce cadevano come grandine.

«Lascia i sacchi e scappa» ordinò Khrys, afferrandomi la mano libera.

Il cuore mi si spaccò a metà al suo comando, ma stavo già scappando con lui, più veloce che potevo, anche più forte di quanto avessimo fatto all'asta, nella direzione opposta alla nostra navicella.

Il paesaggio scorreva, il campo fiorito si allontanava. Stavamo andando così veloci che le frecce si fermarono. Potevo solo supporre che gli indigeni fossero concentrati sulla corsa, non sul tiro a bersaglio in movimento sepolti nella nebbia. Ma i loro passi non vacillavano mai e sembravano colmare il divario. «Si stanno avvicinando» ansimai, e il panico ci spinse entrambi a una nuova sferzata di velocità.

Ma come all'asta, potevo farlo solo per un certo periodo. Cominciai a provare disperazione, quando vedemmo qualcosa di nuovo attraverso la nebbia: colline scoscese punteggiate di alberi contorti.

«Finalmente» gracchiò Khrys, trascinandomi dietro il tronco più vicino. Stavamo ansimando e io riuscivo a malapena a respirare. «Quando si avvicinano, attacchiamo. Le nostre armi sono più letali. Tutto ciò di cui abbiamo bisogno è questa copertura e possiamo eliminarli tutti.»

Stordita dalla stanchezza, mi accovacciai e mi afferrai la testa, cercando di controllare l'aria. «Capito.»

«Si stanno aprendo a ventaglio. Ma abbiamo una posizione più alta.» La voce di Khrys era chiara e precisa. «Al mio comando, attacca alla tua destra. Io vado a sinistra.»

«Sì» sussultai. Mi alzai e preparai la mia arma. A breve distanza, le figure vacillavano e si mettevano in formazione.

Ma all'improvviso tutto cambiò. Con un'eruzione particolarmente rumorosa, le nuvole si aprirono e scaricarono pioggia gelata. Gli esseri davanti a noi ruppero immediatamente i ranghi e si voltarono l'uno verso l'altro, poi, con mio stupore e sollievo, si voltarono.

«Gli indigeni stanno tornando indietro!» La voce di Khrys si alzò con esuberanza. «Stanno andando dall'altra parte.»

In effetti, l'intero gruppo corse nella direzione da cui

eravamo venuti. In lontananza, un branco di antlex urlò, si impennò e galoppò verso sinistra, scomparendo oltre un crinale.

«Khrys?» Sbattei le palpebre sotto la pioggia, che aveva un'urgenza pungente contro il mio viso. «Perché dovrebbero scappare tutti da un po' di pioggia?» Mi asciugai la fronte e tremai: il liquido era così freddo che sembrava ghiaccio. «Anche gli animali?»

«Non lo so» disse teso. «Forse la pioggia è un segno che il tempo peggiorerà. Suggerisco di trovare un rifugio.»

Mentre parlava, le gocce di pioggia aumentavano: ora avevano le dimensioni di un bulbo oculare. L'equipaggiamento protettivo mi manteneva abbastanza asciutta, ma sentivo la forza dell'acqua attraverso il tessuto e la quantità di pioggia era accecante. «Da questa parte.» Indicai un punto davanti a noi. «Un terreno più alto, ed è roccia. Forse possiamo trovare una grotta.»

Ci arrampicammo su per la collina per quella che sembrò un'eternità, mentre la visibilità peggiorava. «Più veloce» mi esortò Khrys.

Ero ancora senza fiato dopo la corsa e la mia energia si affievoliva. L'unica cosa che riuscii a fare fu trascinarmi su per la parte successiva del pendio, afferrando una grossa radice e tirando, centimetro dopo atroce centimetro.

«Ci sei.» Khrys mi prese la mano per aiutarmi.

Poi iniziò la grandine. Inizialmente i singoli cristalli erano piccoli e sottili come carta. In pochi secondi divennero più grandi dell'unghia del mio mignolo, ogni frammento ghiacciato aveva artigli affilati.

Una grandine particolarmente forte mi perforò la giacca e la pelle del braccio, liberando sangue rosso che divenne subito rosa, diluito, e colò a terra. «L'attrezzatura non regge! Abbiamo bisogno di metterci al sicuro!» sussultai.

«*Kazo*, questa tempesta ci ucciderà» mormorò Khrys.

«Non ho mai visto una grandinata come questa.» Mi attirò a sé e mi protesse la testa con le braccia, scrutando ciò che ci circondava. «Dai, credo di vedere una grotta.» Mi tenne al riparo sotto il braccio e mi guidò più in alto lungo il pendio. Aveva ragione: dopo pochi strazianti istanti, ci annidammo in una cavità tra le rocce. La grotta penetrava in profondità nella scogliera e presentava un profondo strapiombo all'ingresso.

«Stai qui indietro, lontana dal vento.» Mi trascinò ancora più indietro nella caverna, nella polvere secca, fuori dalla portata del vorticoso incubo esterno.

«Wow.» Crollai a terra, respirando affannosamente. La grotta odorava di terra ma nient'altro; per fortuna, eravamo gli unici esseri a usarla come rifugio.

«Siamo al sicuro dalle palle di ghiaccio.» Khrys le indicò. Ora erano grandi quanto il mio pugno e avevano punte malvagie. Si schiantavano sul terreno e si frantumavano in frammenti di ghiaccio, a volte perforando un paio di centimetri di profondità nel terreno prima di rompersi.

«Stelle, questa tempesta è più potente della maggior parte delle armi.» Khrys si girò verso di me. «Sei ferita? Togliti la giacca, così posso vedere.» Mi aiutò a togliere l'indumento. «Anche la tunica. Sei fradicia.»

Le circostanze mi impedivano ogni timidezza; tutto quello che volevo era essere al sicuro. Eppure, essere semi-nuda davanti a lui liberava nella mia mente immagini erotiche. I miei capezzoli si sollevarono nell'aria fredda e arrossii.

Khrys mi prese il braccio. Ora che eravamo fuori dal diluvio il sangue era più evidente. «Dobbiamo fasciarlo.»

«È solo un graffio. Non riesco nemmeno a sentire dolore.» Guardai con curiosità la ferita, poi lui. «Tu stai bene?»

«Sì.» Aveva la voce rauca. Pensavo che mi stesse guardando i capezzoli, ma poi si voltò dall'altra parte. «La mia pelle è più spessa della tua. La grandine non mi ha fatto male.» Si tolse la borsa a tracolla. «Ho alcune provviste di emergenza.» Tirò fuori un panno che avvolse attorno al mio taglio. «Ecco. Questo dovrebbe chiudere la ferita.»

«Grazie.» Sbattei le palpebre guardando l'involucro bianco, cercando di elaborare cosa stesse succedendo. Quante cose erano successe da quando il kraa mi aveva portata all'asta.

Il tuono ruggì e crepitò, e il terreno risuonò di quel rumore, i tremori entrarono nel mio corpo e mi scossero il cranio. «Questa tempesta è violentissima.»

Ai piedi della collina, l'erba secca si trasformò in un fiume agitato mentre l'acqua si raccoglieva in un canale e scorreva veloce, facendo cadere i massi senza sforzo. La grandine luccicava come degli ornamenti di vetro, fluttuando.

«Ci ucciderebbe più velocemente delle frecce.» Tremai per il panico improvviso, il freddo e la stanchezza. E il gelo. Mi accorsi che la temperatura era scesa.

«Siamo abbastanza in alto da poter rimanere al di sopra della linea di galleggiamento. Spero» aggiunse. Si tolse il cappotto, tornò allo zaino e scartò una coperta termica argentata.

«Togliti i vestiti. Tutti.» Mi guardò attraverso l'oscurità della grotta dove la coperta catturava quella poca luce che entrava dalla cupa landa selvaggia all'esterno. «Dobbiamo lasciarli asciugare. Voi umani siete inclini all'ipotermia.»

«Io...» Forse era per lo shock della situazione, ma non mi mossi.

Lasciò cadere la coperta e venne al mio fianco. «I tuoi pantaloni sono fradici. Ti impediranno di riscaldare la tua temperatura interna.»

Afferrò il materiale robusto e me lo tirò lungo i fianchi bagnati. Il tessuto si attaccò e quando inserì le sue mani forti tra le mie cosce per abbassarmi i pantaloni, le sue nocche mi sfiorarono le mutandine.

Trattenni il respiro. «Oh.»

Mi guardò e i suoi occhi lampeggiarono. Le antenne si irrigidirono. Per un secondo, pensai che stesse per toccarmi di nuovo, ma lui distolse lo sguardo e mi tirò giù i pantaloni, fermandosi solo quando toccarono la parte superiore dei miei stivali.

«Gli stivali.» Rise. «Li ho dimenticati.»

Mi prese tra le braccia e all'improvviso mi depositò su un masso piatto all'altezza del suo petto. «Siediti qui per un secondo, piccola guerriera.»

Mi tolse gli stivali e li mise da parte, e poi i calzoni mi scivolarono via facilmente dalle caviglie.

«Usa questa finché non avrò acceso il fuoco.» Mi avvolse la termocoperta argentata sulle spalle e me la mise attorno al corpo. Le sue mani indugiarono solo un attimo mentre la sistemava, e fece scivolare dolcemente una mano sulla coscia.

Mi sentivo già meglio: aveva ragione riguardo al fatto che i vestiti bagnati mi facevano sentire più freddo. Mi strinsi forte la coperta al petto con i pugni incrociati.

«Ho alcuni tubi nutrizionali per te. Inizia con questo e vedi se ne vuoi di più.» Me ne porse uno pieno di gel che succhiai avidamente.

«Tu non ne hai bisogno?» Ricordai di non averlo visto mangiare nulla da quando eravamo stati insieme.

«Gli zandiani hanno bisogno dell'energia cristallina del nostro pianeta per sopravvivere. Mangiamo solo una volta ogni dieci rotazioni del pianeta.»

Scossi la testa al secondo tubo. «Sto bene per ora. Grazie.»

Mi toccò dolcemente la gamba attraverso la coperta, con le dita che indugiavano. «Bene.» Incrociò il mio sguardo e sorrise.

Un lento bruciore si fece strada dal punto di contatto, le

sue dita sul mio corpo, fino al mio centro. Appoggiò il palmo della mano sulla mia gamba, possessivo.

«Khrys?» La mia voce risultò roca. Spostai le cosce.

Fece un passo indietro.

«Stenderò i tuoi vestiti su queste rocce in fondo alla grotta» disse, portando nell'oscurità una bracciata di tessuto fradicio. «Ci sono rami secchi qui dietro che possiamo usare per accendere il fuoco. Questo aiuterà.»

Ero felice di sentirlo, ma i miei occhi si adattarono velocemente. Quando lo vidi iniziare a spogliarsi, il cuore mi batté un po' più forte. Questo zandiano aveva un corpo magnifico e non potevo negare l'effetto che aveva su di me, anche in queste circostanze.

Quando tornò con spessi pezzi di legno che perdevano corteccia e polvere, si mosse velocemente: usando qualcosa preso dalla sua borsa a tracolla, accese un fuoco non troppo lontano dalla parte anteriore dell'ingresso della caverna.

«E ora ci riscaldiamo.» Se ne stava in piedi di fronte a me, tutti i muscoli cesellati illuminati dal tremolio del fuoco. Mi sollevò dalla roccia e ci sistemammo insieme a pochi passi dalle fiamme.

«Vieni.» Mi prese in grembo e sistemò la coperta per coprirci entrambi come se fosse una tenda. «Dobbiamo riscaldarci.»

Fuori dalla nostra grotta, la tempesta aumentava di forza mentre ci stringevamo insieme, i nostri corpi si scaldavano a poco a poco. La pioggia e la grandine insieme erano una combinazione spaventosa, ma grazie alle stelle cadevano giù dritte.

«Se il vento le spingesse nella nostra grotta, non so cosa accadrebbe.» Mi rannicchiai tra le braccia di Khrys, bramando il conforto che portavano.

Un ramoscello si spezzò e sollevò una pioggia di scintille, e il calore del fuoco e il suo corpo mi calmarono.

«Siamo stati fortunati.» Mi avvolse con le braccia.

Le sue braccia forti e muscolose con la loro liscia pelle viola.

Pelle viola nuda.

Interamente nuda.

Sentii il cazzo duro spingere nel sedere, e il bisogno urgente tra le mie cosce divenne più forte. Emisi un piccolo gemito in gola e mi spinsi contro il suo corpo. intenzionalmente.

«Siamo fortunati, vero?» Feci scorrere la mano lungo la sua coscia.

Il cuore mi batteva per il nervosismo e l'eccitazione. Mi sentivo così audace, così avanti. Sicuramente non spettava a me offrirmi in questo modo? Tutto quello che sapevo era che il mio corpo lo bramava e non avevo la forza di resistere.

Ringhiò e mi morse il collo. «Ah, Kailani, mi stai facendo impazzire.» La voce gli uscì come un rombo basso. Il cazzo era ancora più duro adesso. Sapevo che anche lui mi voleva.

«Mostrami quanto stai impazzendo.» Mi girai e guardai il suo viso. «Khrys.»

Rise. «Stai attenta a ciò che chiedi, piccola guerriera.»

«Pensi che non possa gestirlo?»

«Bene vediamo.» Alzò un sopracciglio. «Vuoi scoprirlo?»

Lo stomaco mi sussultò per l'anticipazione. «Forse sì.»

I miei occhi tremolarono e si chiusero. Riuscivo ancora a vedere a metà strada le fiamme che crescevano e diminuivano davanti alle mie palpebre. Corrispondevano al desiderio che mi pulsava nelle vene. «Hmm.»

Urlai di gioia e sorpresa mentre mi prendeva in braccio e si alzava, manovrandomi senza alcuno sforzo.

«Cominciamo con qualcosa del genere, va bene?»

Mi rimise sulla roccia, la stessa di prima, e mi tolse dal corpo la coperta argentata. Ero nuda, tranne che per la striscia di tessuto che mi copriva la figa. Non avevo più freddo, ma i miei capezzoli si agitarono sotto il suo sguardo.

«Quanto sono negligente. Non ti ho mai tolto le mutandine. Bisogna far asciugare anche quelle.»

I suoi occhi lampeggiarono alla luce del fuoco mentre mi sosteneva con un braccio e con l'altro tirava il tessuto incriminato, e io lo aiutai spostando le natiche, in modo che potesse farmi scivolare le mutandine lungo le cosce.

Mentre me le faceva scivolare oltre le caviglie, sussultò. «Kailani, queste sono molto più inzuppate di quanto dovrebbero essere a causa della pioggia.» Si avvicinò le mutandine al naso. «E profumano della tua eccitazione, piccola guerriera. Questo mi dice che hai avuto pensieri molto cattivi.»

Fece roteare le mutandine su un forte dito viola e alzò un sopracciglio. «Dimmi cosa te le ha fatte diventare così straordinariamente bagnate.»

«Io...» arrossii. Ero troppo timida per raccontargli le fantasie che mi giravano per la mente.

«Troppo timida per parlare?» Mi prese le cosce, una in ciascuna mano potente, e le allargò lentamente. «Più ampie, Kailani. Sì. Così.»

Fece un passo indietro e ammirò il mio corpo. «Hai un aspetto incredibile.» La sua voce era quasi riverente. «Guarda che figa meravigliosa.»

Mi sentivo compiaciuta, ma ero anche imbarazzata sotto il suo sguardo e feci per chiudere le gambe.

«No.» disse con tono duro. Fece un passo indietro e mi diede una piccola pacca sul seno: non molto forte, ma bruciò.

«Ooh» sussultai per la sorpresa; non faceva male, ma il formicolio mandò un'ondata di eccitazione dalla pancia ai capezzoli.

«Tienile aperte finché non dirò il contrario» ordinò. «Devo andare a mettere ad asciugare questo indumento bagnato. Se ti muovi mentre sono via, dovrò sculacciarti ancora.»

«Sì, padrone» mormorai senza pensare.

Si chinò e baciò il capezzolo che aveva schiaffeggiato, poi lo morse dolcemente.

«Bene.»

Si spostò sul retro della grotta e sistemò i vestiti. Mi costrinsi a tenere le cosce aperte come le aveva lasciate, tutto il mio corpo soffriva dal bisogno del suo tocco. Il mio capezzolo era bagnato dalla sua bocca e volevo di più, molto di più.

Gemetti e mi mossi, e finalmente tornò.

Il suo cazzo era così duro che probabilmente spalancai gli occhi perché lui ridacchiò.

«Vediamo se riusciamo a farti parlare» disse in tono colloquiale. «Prima di passare ad altre attività.»

Con mia totale sorpresa, si accucciò e mi trascinò in avanti finché non fui seduta solo a metà sulla roccia, con la sola parte posteriore delle natiche in contatto con la pietra. Si mise le mie gambe divaricate sulle spalle potenti e mi afferrò più vicino, portandomi verso la sua testa.

«Puoi appoggiarti alle rocce dietro di te» ordinò.

«Ma cosa...»

Smisi di parlare e le mie parole si trasformarono in un grido confuso mentre lui infilava la testa tra le mie gambe e mi leccava il clitoride.

«Stelle, Khrys» riuscii a dire.

La sensazione era unica al mondo. La sua lingua era morbida come il velluto, ma forte. Abile. Mi sfiorò le labbra inferiori, stuzzicandomi e leccandomi la pelle come se fosse deliziosa.

«Stelle, stelle» canticchiai. Le cosce mi tremavano mentre quell'incredibile sensazione di sollievo iniziava a crescere. «Sto per...»

«No.» Tirò indietro la testa. «Non finché non ti avrò dato

il permesso. E non lo farò, finché non mi parlerai di quelle mutandine.»

«Ma non posso…» iniziai.

Sorrise. «Speravo facessi la difficile.»

Si alzò, mi riprese tra le sue braccia e si sedette su una roccia piatta più bassa adiacente al mio trespolo. «Te ne darò alcune per rimetterti in riga» disse.

E poi mi sculacciò. Sculacciata. Sculacciata. Sculacciata. Proprio sul culo, forte.

«Ahi!» strillai, scalciando.

«Silenzio» disse e mi sculacciò di nuovo. «Dovrai imparare a dirmi quello che ho bisogno di sapere, Kailani.»

Ma la sua voce mantenne un tono canzonatorio, anche sotto la direzione ferma, e sapevo che si stava divertendo.

E anche io. Ogni sculacciata premeva il mio nucleo contro la sua coscia dura come la roccia e non faceva altro che aumentare quella sensazione di formicolio. Mi accomodai, cercando di adattarmi, in modo da poter ottenere la pressione proprio dove ne avevo bisogno.

«Piccola guerriera cattiva» disse, notando le mie azioni. Mi spostò più indietro, in modo che non potessi strofinarmi contro il suo corpo e mi sculacciò di nuovo.

Questa volta, senza la possibilità di spingermi contro la gamba, le sculacciate sembrarono più acute, più dure.

«Oooh, oh» mi lamentai, dimenticando per un momento il desiderio che mi stava crescendo nel profondo.

Mi massaggiò dolcemente la pelle. «Bello e rosa. Bello.»

Mi rimise sulla roccia più alta e mi allargò le cosce. «Proviamo di nuovo. Se non mi dici cosa voglio, possiamo andare avanti tutto il giorno.»

Premette le labbra sul mio corpo e infilò la lingua in profondità nella mia fessura. Gridai e gli afferrai le antenne. Erano dure e forti nelle mie mani. Le strofinai delicatamente, capendo in qualche modo istintivamente che gli dava la stessa sensazione che provavo io.

«Kailani, *kazo*» mormorò, facendo girare la lingua attorno al clitoride.

Gli incredibili cerchi svolazzanti mi riportarono a quel precipizio. Respirai più forte e provai ad avvicinare i fianchi alla sua bocca.

E quel bastardo mi fece cadere di nuovo in grembo per altre sculacciate.

«Cosa ti avevo detto?» mi rimproverò. Mi sistemò in modo che non potessi graffiarlo. Mi sculacciò le natiche senza pietà, ancora e ancora, così come la parte superiore delle cosce.

Alla fine, gridai: «Questo! Volevo questo. Stavo pensando a te. Volevo…»

Smise di sculacciare. «Volevi…?»

«Volevo che mi toccassi. Che mi dessi piacere. Come sulla navicella. Questo è ciò che ha reso le mie mutandine… bagnate. Volevo quella sensazione straordinaria.»

Ero così imbarazzata che riuscivo a malapena a sopportarlo. Grazie alle stelle ero sulle sue ginocchia, quindi non dovevo guardarlo negli occhi.

Mi massaggiò di nuovo il sedere, calmando il punto in cui mi aveva sculacciata. «È stato così difficile?»

«Sì» mormorai.

«Beh, forse potrei darti un'altra lezione per incoraggiarti a migliorare la tua comunicazione» suggerì. «In ginocchio, Kailani.»

Mi accarezzò il culo ancora una volta, poi mi mise delicatamente di fronte a lui. Allargò le cosce, così il suo cazzo gigantesco sporse, duro e forte.

«Usa la bocca, piccola guerriera. Come ho fatto io.»

«Dovrei…?» Deglutii a fatica e mi leccai le labbra. Ma non

sembrava poco attraente. In effetti, volevo prenderlo in bocca e dargli piacere.

Gli misi le mani sulle gambe per sostenermi e mi appoggiai. Il cazzo era così grande che dovetti spalancare la bocca per circondarlo, ma non era scomodo. La sua pelle era morbida e aveva un sapore neutro, con lo stesso profumo legnoso e pulito che sentivo sul suo corpo.

«Succhialo, poi rilascialo e leccalo» mi ordinò. «Poi succhia di nuovo.»

Lo feci e lui mi prese la testa tra le mani per guidare i miei movimenti.

Era fermo ma non duro e, appena riuscii a prendere il ritmo, la sua presa si fece più forte tra i miei capelli.

«*Kazo* Kailani, sto per venire» mormorò.

Succhiai più forte, desiderosa che questo potente guerriero esplodesse sotto le mie cure.

Con un grido gutturale, il cazzo si irrigidì e uno spruzzo di fluido caldo mi ricoprì la lingua. Sorpresa, deglutii: era lieve e dolce.

Mi tirai indietro per respirare e, agendo d'istinto, usai la mano per continuare a stringergli il cazzo mentre il suo corpo si contraeva, e lui aveva spasmi sotto la mia presa, ancora e ancora.

«È arcobaleno!» esclamai. Anche nella fioca luce del fuoco, il turbinio di colori fantastici mi sconcertò.

Non rispose ma emise un gemito di piacere e poi sospirò, un suono lungo e profondo di soddisfazione.

«Kailani, è stato fantastico» mormorò, facendo scorrere la mano tra i miei riccioli. Mi prese la spalla con il palmo della mano, con gli occhi chiusi.

Vederlo così, esposto e aperto davanti a me, mi fece sciogliere il cuore.

Prima che potessi rispondere, aprì gli occhi e sorrise.

«Ora che hai finito la lezione, è il momento della ricompensa.»

Fu proattivo, ancora una volta. «Torna sulla tua roccia, piccola» ordinò, rimettendomi sulla pietra alta. «Gambe belle larghe per la mia lingua.»

Obbedii con entusiasmo. Questa volta, quando mise le labbra sul mio corpo, fu ancora più delizioso. I suoi movimenti mi fecero impazzire in pochi minuti, e presto mi dimenai.

«Khrys, per favore, posso venire?» lo pregai.

Ridacchiò contro il mio corpo. «Non ancora. Ancora un momento.»

«Ma non posso aspettare!» Stavo diventando disperato.

«Provaci meglio» suggerì. «Altrimenti dovrò sculacciarti di nuovo. Fa semplicemente parte dell'imparare a obbedire.»

Non volevo un'altra sculacciata, volevo il piacere. Quindi mi concentrai sul trattenermi.

Infine, la sensazione si fece troppo forte. «Khrys!» Piagnucolai.

«Vieni, piccola guerriera», ordinò, e io lo feci. Tutto il mio corpo si contorse mentre le esplosioni iniziavano e continuavano ad arrivare, ancora e ancora.

Cinguettai, strillai e mi spinsi contro la sua bocca compiacente per far uscire fino all'ultima goccia di piacere, e quando il picco fu finito, crollai in avanti.

Mi prese e mi cullò tra le braccia.

«Guardati, tutta ricoperta del mio sperma» mormorò, sedendosi accanto al fuoco e rimettendoci addosso la coperta. «Stelle, quanto mi piace il tuo aspetto.»

Ero così fuori di testa dal piacere residuo che non ascoltavo nemmeno veramente. Restai semplicemente sdraiata tra le sue braccia, floscia e completamente soddisfatta, ascoltando la pioggia e il crepitio del fuoco, sentendo le sue braccia calde intorno a me.

Questo era il posto migliore e più sicuro in cui mi fossi sentita... da sempre.

CAPITOLO SETTE

Kailani

Più tardi, dopo essermi ripulita e aver indossato i vestiti appena asciugati, ci sedemmo di nuovo insieme, guardando la pioggia e aspettando. Anche se sentivo ancora un forte legame con Khrys, guardare il paesaggio alieno fece crescere la mia ansia mentre pensavo alla nostra situazione e al mio futuro.

«I kraa non hanno mai parlato di queste tempeste.» Fissai il caos a pochi passi davanti ai nostri volti. «Anche se non hanno esattamente parlato con me di tutte le loro avventure.»

Ora che eravamo al sicuro, almeno per il momento, la mia mente tornò ai sacchi che avevamo gettato durante la fuga. «Pensi che i fiori che abbiamo raccolto sopravvivranno alla tempesta?»

Khrys restò in silenzio per un secondo. «Le borse sono resistenti e impermeabili. Ma dobbiamo andare immediatamente alla navicella, Kailani, quando potremo lasciare questa grotta e raggiungere Zandia. Abbiamo un tempo limitato.»

Mi irrigidii. «No. Ne ho bisogno» sussurrai, con tutto il corpo intorpidito dalla delusione. «Non capisco perché non possiamo sopportare un altro ciclo solare. Solo uno. Qual è il motivo di tutta questa fretta?»

«Possiamo tornare con i rinforzi più in là.» Non mi spiegò i nostri tempi stretti.

«Ma più in là significa tra qualche ciclo lunare, Khrys.» La mia voce era tesa per la preoccupazione. «La loro stagione delle piogge è alle porte. Se non otteniamo i fiori adesso...» Cercai di non pensare al fatto di soffrire costantemente di mal di testa.

Presi un fiore dalla giacca e mangiai un po' del polline prima di riporre il fiore nel tessuto. «Questi sono pochi, non dureranno a lungo.» Almeno ero contenta di averne selezionati diversi da conservare personalmente.

Sospirò e mormorò: «*Kazo*. Un altro fallimento spettacolare.»

«Che cosa?» Aggrottai la fronte, girandomi per guardarlo.

«Niente.» Scosse la testa.

«Mi è sembrato che dicessi: *un altro fallimento spettacolare*. Ti ricordi delle mie orecchie?» mi indicai la testa.

Fece una risatina amara. «Sono mondi lontani da qualsiasi cosa ti riguardi. Non ti interessano queste cose.»

Mi morsi il labbro. Le parole mi arrivarono prima che io potessi elaborare il loro significato: «Ma mi interessa. Dimmelo, ti prego.»

* * *

Khrys

Gli zandiani non parlavano di cose come le emozioni. Ma per qualche ragione, mi ritrovai ad aprirmi a Kailani.

Fissai gli scrosci di pioggia mentre lei respirava tranquillamente tra le mie braccia, il suo corpo compatto tra le mie cosce. «L'onore è tutto per noi a Zandia. L'orgoglio per il nostro lavoro fa avanzare il nostro pianeta, ci dà successo, decide se il nostro pianeta vive o muore. Letteralmente. Siamo stati in guerra. Nel corso della mia vita, abbiamo perso il nostro pianeta e poi ce lo siamo ripreso.»

«SÌ?» La sua piccola mano si aprì sul mio braccio.

Annuii. «Ho fatto alcuni errori ultimamente. Ho scontentato il mio re. Mi sono disonorato.» La mia voce era piena di disgusto. «Niente che non possa essere risolto, ma i comandanti del mio grado, semplicemente non commettono errori. È una vergogna.»

Era tranquilla. Quindi chiese semplicemente: «Perché?»

Sbattei le palpebre un paio di volte. «Beh, non lo so.» In realtà è una cosa che non ho mai considerato. «Perché? è...» Scossi la testa. «Interessante.»

«Penso che il motivo per cui un essere fallisce sia importante quanto il fallimento stesso.» La sua voce era contemplativa. «Almeno, secondo la mia esperienza.»

«La tua esperienza?» Non intendevo sembrare condiscendente, ma percepii la domanda nella mia voce.

«Vuoi dire cosa ne può sapere uno schiavo riguardo alle scelte?» I suoi capelli bagnati giacevano sulla mia spalla. «Anche i beni mobili hanno una vita segreta. Decisioni da prendere.»

«Mi dispiace. Ne sono sicuro.»

«Quindi pensa a cosa è successo, cosa ha portato ai fallimenti. Ripercorrilo a ritroso e questo potrebbe darti risposte su come andare avanti.»

Kazo, come poteva essere così saggia?

Ma mi accigliai perché le immagini ritornarono di corsa: la mia unità in battaglia qualche ciclo solare fa. L'ordigno esplosivo che scoppiava. La morte di mio fratello minore, l'essere che contava di più per me nell'intera galassia. Le assicurazioni – successive e poco convincenti – del fatto che non fosse stata colpa mia. Che ero un eccellente guerriero e che le morti accadevano in battaglia e che dovevo andare avanti. Per continuare ad addestrare i guerrieri.

Mi veniva in mente regolarmente nei sogni, il volto di mio fratello e degli altri guerrieri, lo sguardo nei loro occhi mentre realizzavano il loro destino. Di solito mi svegliavo con un grido gutturale che mi moriva in bocca, proprio come erano morti loro su quel campo.

«Khrys?» La sua voce era dolce, preoccupata.

«Cosa c'è?»

«Il tuo corpo è tutto il contratto.»

Mi resi conto che la stavo stringendo forte, il mio respiro era un po' affannato. Rilassai i muscoli. «Scusami.» Mi schiarii la gola. «Solo un ricordo.»

«Doveva essere brutto» disse con tono piatto.

«Lo era.» Mi asciugai la fronte.

«Vuoi parlarne?»

«Perché dovrei?»

«Per noi umani parlare può alleviare parte della miseria.»

«Per favore, non prendertela se sono scettico» dissi con tono altero. «Visto che gli esseri umani non sono attualmente i padroni regnanti dell'universo.»

Sussultai alle mie stesse parole, ma lei non sembrò turbata. «Esattamente. Abbiamo bisogno di strategie per sopravvivere al nostro destino attuale. Parlare è una delle cose migliori.»

«Le parole non risolvono nulla.» Ero di nuovo teso.

«Non ti farà male provarci» disse paziente.

Il bisogno di conforto, stranamente nuovo, mi sopraffece. Le parole strariparono fuori. «È successo diversi cicli solari fa. Ero un comandante dell'esercito, neopromosso. Ho addestrato una truppa di zandiani in battaglia e li ho guidati quando abbiamo riconquistato il nostro pianeta. Ma noi... abbiamo fallito.»

La sensazione risorse, insieme al panico e all'impotenza. «Mio fratello era uno di loro.»

«Mi dispiace tanto.» La sua mano era incredibilmente morbida sul mio braccio.

«Penso che, se solo li avessi addestrati più duramente. Li avessi spinti di più. Avessi fatto di più. Forse mio fratello sarebbe stato pronto per l'attacco. E sarebbe sopravvissuto.»

«È questo che hanno detto i tuoi superiori?»

Scossi la testa. «È quello che dico a me stesso. A volte la battaglia si ripete nella mia testa, ancora e ancora. Come un ologramma che non si può fermare.» Premetti le tempie.

«Sembra tragico. E fastidioso.»

«Forse.» Valutai. «Hai presente come il tuo corpo ha avuto quella reazione istantanea alla vista dell'ago?»

Annuì, spostando gli occhi azzurri su un lato.

«È quasi così. I trigger mi ricordano la battaglia. Io...» deglutii. «Sono un addestratore. Tutti i guerrieri che addestro mettono la loro vita nelle mie mani, proprio come mio fratello. Ogni errore che faccio mette a rischio la loro vita.»

«Ma li commetti gli errori?»

Annuii. «Mi paralizzo, come hai fatto tu con l'ago. Invece di dare gli ordini che dovrei dare, improvvisamente mi ritrovo in battaglia, a guardare mio fratello morire ancora e ancora. Ed è allora che accadono gli incidenti.»

«Mi dispiace», mormorò.

«Questo è quello che è successo qualche rotazione planetaria fa, quando... ho commesso il mio errore più recente. In realtà sono stato demansionato. Le lanciai un'occhiata di traverso, aspettandomi disprezzo o disgusto, ma non li vidi in lei; invece, sgorgarono nel mio stomaco. «Ed era la cosa giusta da fare per il re. Ho fallito nel mio compito.»

«Sei un grande capitano, Khrys.» La sua voce era dolce. «L'ho visto in prima persona. Sei un avversario intelligente e un forte guerriero. Non ho dubbi che servirai bene il tuo re.»

«Non mi conosci abbastanza per fare queste affermazioni.» Ma provai un insolito orgoglio per i suoi complimenti.

«Sembra che le riflessioni ti distolgano dai tuoi compiti. Riesci a smettere di pensare a quell'evento così spesso?»

«Merito di pensare a lui ogni giorno e di soffrire per quello che è successo.»

Mi strinse la mano. «Noi umane, quelle su cui lavoravano i kraa, avevamo una tecnica. Avevamo deciso che avremmo riservato un certo periodo di tempo di ogni rotazione solare per preoccuparci di cose che non potevamo cambiare. Per il resto del tempo cercavamo di concentrarci sulla vita nel miglior modo possibile nonostante le nostre circostanze.»

«Ha funzionato?» Mi accigliai. Aveva detto "noi" e volevo approfondire l'argomento più tardi, ma per ora tutto quello a cui riuscivo a pensare era mio fratello e i ricordi.

«Non per tutto. Ma in parte aiuta.» Mi accarezzò il braccio.

«E questo si applica a me in che modo?» avevo ancora un tono teso.

«Pensi davvero di onorare la sua memoria continuando a soffrire e facendo un lavoro scadente? Lo augurerebbe a te o al tuo pianeta?» Fece una pausa. «Forse non serve che ti punisca costantemente, soprattutto se questo mette a rischio gli altri. Pensa a lui una volta ogni rotazione e, per il resto del tempo, permettiti di mettere da parte i ricordi. Almeno la parte in cui ti rimproveri.»

L'idea fu come un fulmine. Mai una volta avevo pensato di permettermi di non soffrire per questi ricordi. L'idea che avrei potuto mettere da parte il dolore per mio fratello e andare avanti era così nuova ed esilarante che sbattei le palpebre.

«Forse» fu tutto ciò che le dissi, però.

Sospirò.

«Hai menzionato... altre umane?» Ero ansioso di

cambiare argomento e volevo conoscere la sua vita e le sue esperienze.

«Oh, ne hanno fatti diversi di soggetti come me. Volevano un esercito.» Ora fu lei a irrigidirsi. «Molti dei loro cosiddetti prototipi sono falliti e sono stati eliminati.» Mi guardò. «Intendo uccisi.» La sua voce era carica di rabbia e dolore.

«Lo immaginavo» dissi cupamente.

«Avrebbero sistemato molte di noi insieme e ci avrebbero fatte allenare insieme.» La sua voce era contemplativa. «A volte gareggiavamo per vedere chi era la migliore nei compiti. Non volevano che unissimo le forze, ma hanno imparato che gli esseri umani muoiono più velocemente se sono troppo isolati.» Rise, un verso senza umorismo. «Le uniche concessioni che ci facevano erano basate esclusivamente sul valore monetario e sulla sopravvivenza.»

«Dove sono le altre?» Le accarezzai il braccio.

Deglutì e girò la testa. «Non lo so. Sono state tutte vendute prima di me.» La sua voce si incrinò e si asciugò gli occhi. «Adesso ci sono solo io.»

Qualunque cosa fosse accaduta alle altre umane, lei ne stava chiaramente soffrendo.

«Kailani.» La tenni più vicina. «Mi dispiace.»

«Ma ora sono lontana da Kraa.» Sembrava ancora sorpresa da questo nuovo scherzo del destino. «E viva. Sono grata.»

Fuori dalla grotta la grandine era scomparsa e la pioggia si era ridotta a una pioggerellina. Il fiume appena formato sotto di noi si agitava ancora come se fosse vivo, come un grosso serpente grigio-argento che si attorcigliava rabbiosamente lungo il paesaggio. Un intero albero sradicato galleggiava come un ramo nelle acque furiose.

«Quel fiume è impraticabile. Ma almeno il cielo è abbastanza calmo da permetterci di lasciare la grotta.» Si sporse in avanti e guarda il cielo grigio. I due soli erano nascosti dietro spesse nuvole, ma un unico raggio pallido usciva timidamente.

«E questo è un problema. Perché, se possiamo avventurarci noi, possono farlo anche gli indigeni. E puoi star certa che verranno a prenderci.»

CAPITOLO OTTO

Kailani

Strisciai fuori dalla caverna e scrutai a destra e a sinistra; non c'era alcun segno di vita: né antlex, né indigeni. Solo l'acqua scrosciante e, più in là, i campi. E da qualche parte in lontananza, immaginavo, i nostri sacchi di fiori. Il cielo era ancora grigio, ma piccole macchie argentate e rosa facevano capolino, facendo sembrare amichevole quel solitario raggio di sole. Come se la natura fosse dalla nostra parte.

«Prima dobbiamo attraversare quell'acqua.» Khrys era accanto a me, alto e potente. «Troveremo la parte più stretta e ci stenderemo sopra qualcosa. Forse posso trovare un tronco d'albero da usare come ponte.»

Ma proprio mentre parlava, l'acqua rallentò. «O no. Si sta infiltrando nel terreno così velocemente?» Sembrava sorpreso. «Il terreno qui è diverso da Zandia.»

«Per noi è un bene.» Allungai i polpacci mentre l'acqua si ritirava, quasi con la stessa rapidità con cui era arrivata. «Khrys, per favore, possiamo tornare indietro e cercare i fiori?»

La supplica nella mia voce era dolorosa da ascoltare, ma senza di loro non sapevo come avrei fatto. Mi guardò negli occhi per un lungo secondo, cercando chiaramente di prendere una decisione. Tutto quello che potevo fare era sperare che scegliesse la strada che mi portava a soffrire meno.

Sospirò. «Va bene. Ma se vediamo anche un solo segno di guai torniamo indietro immediatamente. Chiaro?»

Annuii immediatamente. «Sì padrone.»

Da dove mi era venuta?

Sembrò sorpreso quanto me, ma un lento sorriso gli si allargò sul viso. «Mi piace il suono che sento sulle tue belle labbra» mormorò, avvicinandosi.

Per una frazione di secondo, pensai che stesse per baciarmi e mi chinai, morendo dalla voglia del contatto, ma il rumore di un ramo che si spezzava ci fece girare entrambi.

«Solo una roccia caduta.» Khrys indicò mentre alcuni massi staccati dalla tempesta precipitavano giù dal fianco della collina formando un gruppo di rami spezzati.

Raddrizzò le spalle sembrando concentrato. «Andiamo.»

Con mia grande gioia, trovammo le borse intatte, proprio dove le avevamo lasciate. Non c'erano più antlex in giro adesso, e i fiori non raccolti erano ridotti in poltiglia. Il campo, un tempo pieno, ora era una vasta terra desolata e paludosa, piena di steli spezzati e petali frantumati, e tutto il polline era stato spazzato via.

«Grazie alle stelle, questi sono ancora qui.» Afferrai i due sacchi che avevo riempito mentre Khrys prendeva il suo. L'impermeabilizzazione sembrava aver resistito e questo mi rese quasi felice per il sollievo.

Sentii uno strano squittio sotto il mio stivale. Urlai e saltai. «Che cos'è?»

Feci un passo indietro, pronta ad attaccare, con il cuore che batteva forte, ma era solo una piccola creatura. Era lunga quanto il mio avambraccio e aveva una pelliccia bluastra e grandi occhi dorati. Mi fissò dalla terra e mosse le zampette verso l'alto come se chiedesse cibo. Squittì.

«Khrys? Cos'è questo?» Ero estasiata e in guardia allo stesso tempo. «È così carino.»

Si chinò. «Sarò tagliato a fette. È un whimmit.» Rise. «Le informazioni del maestro Seke non dicevano che vivessero qui.»

«È velenoso?» Glielo chiesi, anche se dal suo comportamento potevo immaginare che non lo fosse.

«Non per gli zandiani o gli umani. Sono una specie di roditori. Non la più intelligente. Aspetta.» Si abbassò e lo toccò sul dorso. «Non hanno il senso del pericolo.»

Si inarcò immediatamente verso l'alto nella sua mano ed emise un forte rumore vibrante. «Stupido. Potrei ucciderlo o mangiarlo subito.»

Lo toccò un po' più forte. Quello gli ringhiò come se fosse irritato e smise di vibrare.

«Ma se mangi a malapena.» Anch'io mi abbassai. Mi annusò la mano e poi infilò il naso tra le mie dita. Vibrò di nuovo, più forte, ma sembrava un verso felice. «È adorabile.» La creatura si avvicinò e mise le zampe sulla mia gamba.

Khrys sembrava disgustato. «Sono una seccatura quando siamo in missione. Non li sopporto. Sempre in mezzo.» Si chinò verso il whimmet. «Sciò! Vai via di qui.» Gli diede una spintarella.

La creatura lo ignorò. Continuando a graffiarmi la gamba.

«Non ci sono sul tuo pianeta?»

Scosse la testa. «Grazie al *kazo*, no.»

Mi venne uno strano pensiero. «Possiamo tenerlo?» Provai un improvviso impeto di affetto per questa bestiola che, dal nulla e senza una ragione speciale, era, a suo modo, gentile.

«No.» Rispose con tono secco e non lasciò spazio al

dibattito. «Assolutamente no. La navicella non è adatta alla fauna selvatica. E non abbiamo bisogno di questa... cosa... su Zandia.»

Feci una risatina mentre mi leccava la mano con la lingua viola brillante. «Gli piaccio.»

«Gli piacerebbe anche un fascio di rocce.» Khrys scosse la testa. «Vieni, Kailani. Dobbiamo concentrarci.» Indicò un punto. «La navicella è da quella parte. Andiamo.»

«Va bene, sono...»

Un malato senso di dejà vu mi investì quando il tintinnio di una freccia mi riempì le orecchie.

«*Kazo*, gli indigeni sono tornati!» Khrys imprecò «Hanno aspettato che trovassimo le borse. È un'imboscata.»

«Si stanno avvicinando da nord.» Valutai la zona, i sensi erano in massima allerta. I miei muscoli si tendevano in preparazione al combattimento. Ascoltai e memorizzai i suoni dei loro piedi. La mia vista si schiarì e mi concentrai. «Al loro ritmo, abbiamo trenta secondi. Non ci hanno ancora circondati. Possiamo scappare prima che si avvicinino abbastanza da mirare correttamente.»

«Non puoi raggiungere l'astronave abbastanza velocemente.» La sua voce era tesa. «Supera la tua distanza di resistenza. Li terrò a bada mentre tu prendi un vantaggio, poi ti raggiungerò.»

«Dovremmo combattere insieme.» L'idea di correre da sola mi riempiva di panico.

«No.» Scattò. «Al mio comando, prendi i tuoi sacchi e corri verso la navicella.»

Fece scivolare un dispositivo dalla tunica e me lo mise in mano senza guardare, poi mi porse la pistola laser di prima. «Tienili al sicuro.»

Usò la sua pistola laser a lungo raggio per mettere fuori combattimento il primo indigeno che si avvicinò, ma ne comparvero altre dozzine oltre il limite degli alberi. «La navicella è programmata per riconoscere i miei biomarcatori e aprirsi per me. Questa è una modifica che puoi utilizzare per salire a bordo. L'ho pre-programmata prima con la tua impronta digitale, per ogni evenienza. Vai lì e aspettami.»

«Ma…»

«Vai. *Ora.*»

Gridò così forte che partii di corsa, con le borse che mi rimbalzavano sulla gamba, pesanti e goffe.

Aveva ragione: non potevo correre tanto veloce o a lungo come lui, soprattutto non con un carico. Questo era l'unico modo in cui potevamo farcela entrambi. Ma ero terrorizzata.

Lo sentii lanciare un grido di battaglia, ma non mi guardai indietro. Ben presto fui abbastanza lontana da attutire le urla degli indigeni e dopo un po' non sentii altro che strani squittii provenire dalla mia borsa.

E poi arrivai alla navicella.

* * *

Kailani

Sapevo di essere nel posto giusto anche se non vedevo nulla perché il dispositivo che avevo nella tasca della giacca emise un segnale acustico urgente. Quando lo tirai fuori e toccai la rientranza liscia con l'indice, si illuminò di verde. Apparvero dei simboli che non capivo, ma alzai il dispositivo e lo puntai davanti a me.

Come per magia, la navicella si illuminò, proprio ai bordi, mostrandomi i contorni dello scafo curvo e della base elegante. La scala si librò come se fosse formata a metà.

Balzai in avanti e mi arrampicai, e la porta si aprì con un sibilo pneumatico. Mi lanciai dentro e quando la porta si chiuse dietro di me singhiozzai di sollievo.

Ero viva, ero al sicuro e avevo i fiori. I *kazo* di fiori. Usai l'imprecazione che borbottava Khrys, mi piaceva il modo in cui suonava. Era una parola potente.

«*Kazo*» mormorai. Stavo tremando. Mi sedetti su un sedile del velivolo, permettendomi di riprendere fiato e poi mi alzai.

Succhiai un tubo nutrizionale e mi avvolsi nella coperta argentata per riscaldarmi, mettendomi davanti all'oblò per sbirciare fuori. Dov'era Khrys? Non si vedeva da nessuna parte. Con mio orrore, il cielo si oscurò.

«Dove si trova?» mormorai.

Squit.

«Per le stelle!» Feci un salto indietro. Dalla sommità del primo sacco di fiori si sviluppò una massa. Fradicio e triste, ma apparentemente illeso, era il whimmet del campo.

Squit. Mi guardò con i suoi occhi enormi.

«Come sei arrivato qui?» Sbattei le palpebre guardando l'animale. «Eri nascosto nel mio sacco?»

Squit. Si avvicinò e si avvolse attorno alle mie gambe, dentro e fuori. Aveva una coda dall'aspetto malconcio, di pelliccia striata e arruffata, piena di bava ed erba. Si scosse e gocce d'acqua fangosa mi volarono attorno agli stivali.

«Tu non appartieni a questo posto.» Ma non riuscii resistere a chinarmi e toccargli la sommità della testa. Era morbido in modo ridicolo. «Si suppone che tu sia un parassita.» Ma il suo affetto non giudicante mi scaldò il cuore e lo accarezzai di nuovo.

Appoggiò il mento sul mio pollice, come se si godesse la sensazione delle mie dita. *Squit.*

«Non ho tempo per questo!» Mi alzai e camminai di nuovo verso l'ingresso. Non c'era traccia di Khrys.

Per capriccio, mi sedetti alla sua console di volo e puntai il piccolo dispositivo manuale verso lo schermo.

Risuonò un segnale musicale e lo schermo si illuminò con simboli e numeri.

Ricordavo di averlo visto prima toccare e far scivolare le dita lungo esso e davanti all'aria. C'era il simbolo di un orecchio, quindi lo toccai e sullo schermo scorsero diverse lingue. Alcune non le conoscevo, e poi... l'ocreziano, la lingua più comune nella galassia.

«Avviare i motori, capitano?» chiese lo schermo. Il battito mi accelerò.

Avrei potuto andarmene. Proprio adesso. Avevo i miei fiori. Avevo una navicella. Avrei potuto essere libera, un essere umano libero in una galassia in cui eravamo tutti schiavi. Non sapevo dove sarei potuta andare, ma avrei potuto capirlo. Avrei potuto provare a trovare Jesel.

Esitai. Guardai fuori, dove qualche goccia di pioggia cominciava a battere sui portelloni.

Non dovevo fare altro che aspettare Khrys. Ma l'idea di fuggire si fece sempre più forte. Il cuore mi batteva forte.

«Sì. Avviare i motori. Prepararsi al decollo.»

«Affermativo.»

Le luci lampeggiarono e i segnali acustici risuonarono mentre la nave iniziava, a quanto pareva, a prepararsi per la partenza imminente. I motori all'interno della struttura ronzarono e un ronzio appena percettibile, come il battito di un cuore, salì attraverso i miei stivali e nel mio corpo.

«I motori di avviamento si sono accesi.»

Mi faceva stare bene. Dava l'idea di sicurezza e libertà. Cose che non avevo mai conosciuto. Cose che avevo desiderato da quando ero viva.

«Motori ausiliari pronti. Propulsori pronti. Pronti per l'iperguida. Preparare i sistemi vitali.»

C'era solo una cosa che lampeggiava in rosso, in attesa di essere abilitata.

Avrei potuto andarmene, senza Khrys. Sarei potuta decollare con questo velivolo, questo inestimabile pezzo di tecnologia che poteva praticamente volare da solo, e trovare un pianeta libero. Non era impossibile.

«Sono intelligente» sussurrai.

Il whimmet mi saltò in grembo e si premette sul mio petto. *Squit.*

«Potrei imparare» dissi, appoggiando una mano sulla console. «Potrei capirlo. E se mi schianto, vabbè. Almeno ho dato il massimo. Almeno non sarei più una schiava.»

Pensai alle mie amiche: Ina e Anya, Agniezka e Ruta. «Sono vive?» mi chiesi.

Non c'era essere che potesse rispondermi.

«Anche loro sono state portate all'asta e vendute per qualche stein? Magari sono ancora su Reneron.» Era la stazione di passaggio in cui i kraa preferivano conservare i beni messi all'asta prima di dirigersi verso il pianeta delle vendite. «Invece di andare a Zandia, potrei trovarle. Salvarle.»

Sembrava che parlassi al whimmet, che mi guardava con i suoi occhi dorati (pensavo fosse una lei) come se mi stesse ascoltando.

Rrrrr, concordò, sferzando la sua pelosa coda blu lungo il mio braccio.

Sussultai. «Smettila. Sei piena di fango» la rimproverai, ma la mia voce era gentile.

«Mi mancano» sussurrai al whimmet, con gli occhi offuscati dalle lacrime. Si sistemò sulle mie ginocchia e spinse ritmicamente le zampe sulla mia gamba.

«Sistemi vitali abilitati. La navicella è pronta per il decollo.» La console lampeggiò in verde. «In attesa del comando.»

Mi morsi il labbro inferiore. La pioggia batteva ancora più forte sulla navicella. Presto probabilmente sarebbe diventata grandine.

Il fatto che Khrys non fosse tornato probabilmente significava che era morto. Quel pensiero mi provocò una fitta di dolore paralizzante, proprio al centro del petto, ma la respinsi. Avevo bisogno di pensarci bene. Più aspettavo, più avrei aumentato le possibilità che gli indigeni trovassero e attaccassero la navicella.

Ma cosa sarebbe successo se Khrys fosse stato ancora là fuori... vivo? E se avesse avuto bisogno del mio aiuto? Il cuore mi si strinse nel petto e l'angoscia mi costrinse ad alzarmi in piedi.

Il whimmet saltò a terra con grazia. *Rrrrr*, disse.

«E se avesse bisogno di me?»

Guardai la console. Tutto quello che dovevo fare era premere un pulsante e sarei stata libera, da sola.

Ma poi rividi nella mia mente il volto di Khrys. Sentii il suo tocco. Ricordai la vicinanza che avevamo sentito nella grotta.

La console ripeté. «In attesa del comando.»

Dolce Madre Terra. Cosa avrei dovuto fare?

CAPITOLO NOVE

hrys

K Gli attacchi durarono molto più a lungo di quanto mi sarei aspettato.

Le frecce volavano verso di me con raffiche attentamente pianificate: questi indigeni erano intelligenti. Una parte di me ammirava la loro tenacia e la capacità di creare armi del genere con una tecnologia rudimentale. L'altra parte di me voleva solo sopravvivere.

«State indietro, *kazo*» mormorai. La mia arma era impostata sullo stordimento elevato: Non volevo uccidere. Ma se non si fossero ritirati presto, sarei stato costretto a fare ciò che era necessario. «Idioti. Non costringetemi a uccidervi.»

All'inizio li avevo tenuti a bada abbastanza a lungo da dare a Kailani un vantaggio. Avevo programmato di scappare non appena fossi stato sicuro che fosse arrivata alla navicella. Ma mentre correvo, nuovi gruppi apparivano da ogni lato e mi mettevano con le spalle al muro contro uno sperone di rocce. Si avvicinavano attraverso il campo di fiori fradici, lentamente ma inesorabilmente. Una dozzina di loro in testa aveva ora sollevato quelli che sembravano rozzi scudi di pelle di animale che proteggevano gli arcieri dietro di loro.

Ma le loro teste erano ancora visibili. Con mio sollievo, il mio occhio buono e la mia arma veloce lasciavano cadere oltre la metà degli arcieri visibili e le frecce rallentarono. Il gruppo alzò gli scudi e si riunì in cerchio.

Stelle, le loro manovre erano sorprendentemente moderne. Regolai la mia pistola laser sulla funzione di combustione e lanciai una serie di rapidi colpi laser contro gli scudi. Quando le pelli presero fuoco, sussurrai: «Sì!»

Urla di orrore e sgomento si levarono dal gruppo, che alla fine si voltò e scappò lontano da me, avendo apparentemente deciso, proprio in questo momento, che non ne valeva la pena.

«Finalmente» mormorai. Guardai ancora una volta per assicurarmi che stessero davvero andando via, e poi corsi verso la navicella. Ero preoccupato per Kailani.

Per le *kazo* di stelle, se avesse incontrato più indigeni sulla via del ritorno, non sarei stato in grado di convivere con me stesso. E se avesse avuto un altro attacco di panico?

Merda. Corsi più veloce che potevo, ma in lontananza vidi la navicella senza occultamento, i motori accesi alla massima potenza di lancio.

Kazo.

Stava per lasciarmi, *kazo*. La navicella era in partenza.

Kailani mi aveva tradito: stava per fuggire con la mia navicella, lasciandomi qui da solo su questo pianeta.

«Quella maledetta umana» balbettai, mentre il cielo rimbombava e la pioggia si riversava come una cascata. Ero accecato dallo specchio d'acqua, ma all'improvviso un'apparizione ondeggiò tra i rivoli di liquido. Alzai la pistola laser verso una figura deforme che veniva verso di me, ma qualcosa mi costrinse a trattenere il fuoco. La figura si mise a fuoco mentre si avvicinava.

«Khrys? Khrys!»

Il mio cuore perse un battito. Stelle! Era Kailani, che indossava un set di equipaggiamento zandiano decisamente troppo grande, e camminava ostinatamente nella tempesta.

Mi aveva aspettato.

Non se n'era andata senza di me. Avrebbe potuto... stelle, probabilmente ci aveva pensato. Ma non lo aveva fatto. Era venuta a cercarmi.

La grandine iniziò a strapparle le vesti. «Kailani!» La mia voce si perse immediatamente nella tempesta. Non mi sentiva. Corsi verso di lei.

Alzò la pistola laser e la puntò verso di me.

«Kailani, sono io.» Le presi l'arma dalle mani prima che potesse sparare. «Sono Khrys.»

«Khrys! Grazie, dolce Madre Terra!» Mi gettò le braccia attorno in una stretta mortale.

Mi aveva aspettato. Il mio cuore non poteva smettere di festeggiare. La mia umana aveva tutto ciò di cui aveva bisogno per fuggire: la navicella, la sua medicina, un'arma. Ma non se n'era andata.

Si era davvero legata a me. *Kazo*, era questo che gli umani chiamavano amore? Ciò significava... che era mia. Mi aveva reclamato. L'avrei reclamata subito.

«Dai, andiamo!» La tirai a bordo della navicella mentre la grandine iniziava a colpire il terreno con veemenza, le palle chiodate ancora più grandi di prima.

Crollammo a terra bagnati, ansimanti.

«In attesa di comando» disse la console.

Entrai in azione. Mi sedetti alla stazione di comando e programmai la rotta verso Zandia, evitando le cinture di asteroidi e le zone pericolose dove sapevo che ultimamente si annidavano le navicelle ocreziane. Poi ci lanciai nello spazio.

* * *

KAILANI

NEL MOMENTO in cui Khrys ci lanciò nello spazio e fummo al sicuro, si alzò dalla console e si diresse verso di me. Mi ero allacciata la cintura per il decollo, ma ora mi slacciai, cercando di capire se fosse arrabbiato o...

Si allungò verso di me, afferrandomi dietro la testa e avvicinando la bocca alla mia. «Kailani» ringhiò dopo un bacio rovente.

Lo guardai sbattendo le palpebre, sbalordita dall'intensità.

Non si fermò a spiegare. Mi catturò di nuovo la bocca, facendo passare la lingua tra le mie labbra e allo stesso tempo mi prese in braccio per mettermi a cavalcioni della sua vita. «Ti scoperò forte» ringhiò.

«Oh.» La sillaba spaventata mi scappò dalle labbra. Brividi di eccitazione mi attraversarono le regioni inferiori. Mi allungai per stringergli una delle antenne e lui gemette, scattando in avanti. Mi portò in bagno, dove mi fece alzare in piedi, mentre le sue labbra ancora si contorcevano sulle mie. Mi tolse i vestiti bagnati dal corpo.

Feci scivolare le mani sotto la sua tunica, esplorai con i palmi le creste degli addominali. Appena fui nuda mi spinse nel lavatoio. Anche se era piccolo, lo tirai dietro di me. «P-penso che possiamo entrarci entrambi.» Ero senza fiato.

Si tolse gli stivali e i pantaloni e mi seguì, premendomi la schiena e il sedere contro il muro quando il suo corpo enorme riempì il tubo. Premette il pulsante e la porta si chiuse.

Mi alzai in punta di piedi e gli afferrai entrambe le antenne.

«*Kazo*, Kailani» gemette, palpandomi il sedere. La sua enorme erezione mi premette contro la pancia.

Gli strinsi le antenne e pompai, meravigliandomi di come

il cazzo sembrasse rispondere, era come se lo stessi strin-gendo lì. Si spinse contro di me, i suoi baci divennero ancora più brutali.

«Prendimi» lo implorai, appena prima che l'acqua ci coprisse entrambi. Ciò non impedì a Khrys di baciarmi. Mi sollevò, alzandomi i fianchi in modo che corrispondessero all'altezza dei suoi, e nel momento in cui l'acqua defluì dai nostri volti, si spinse dentro.

Sussultai e lui restò immobile, sepolto dentro di me. Appoggiò la fronte contro la mia. «Va tutto bene, piccola guerriera?»

Annuii. «Sì padrone.» Il titolo sembrava davvero giusto. Se dovevo avere un padrone, era lui quello perfetto per me. Così premuroso e attento. Protettivo e gentile. Dominante in modo perfetto.

Indietreggiò e si infilò di nuovo.

Ruotai gli occhi all'indietro per il piacere. Era così coin-volto. Finora. Possedeva il mio corpo in un modo che i kraa non avevano mai posseduto. In un modo in cui il mio corpo si divertiva.

«Sì» lo incoraggiai, stringendogli l'antenna.

Colpì ancora, profondamente e con forza. E poi di nuovo. «Ancora» mormorai.

Prese velocità. I movimenti erano potenti. Quasi spaven-tosi, ma il piacere superava di gran lunga qualsiasi paura potessi avere che potesse farmi del male.

Inoltre, sapevo che, se non mi fosse piaciuto, avrebbe smesso. Gli credevo adesso. Potevo fidarmi di lui.

«Kailani» gemette. Il suono del mio nome in quei toni gutturali mi fece impazzire tanto per lui quanto lui era impazzito per me. Gli strinsi le gambe attorno alla schiena e usai i talloni per spingerlo più forte ad ogni spinta, più velo-cemente.

Le ventole si fermarono e la porta si aprì, ma non

saremmo andati da nessuna parte. Khrys si abbatté su di me, il suo corpo potente si fuse con il mio, dominandomi, divorandomi.

«*Kazo*, non posso trattenermi» mormorò.

«Non farlo» ansimai. «Non trattenerti.»

Emise un ruggito e si seppellì dentro di me. Il calore del suo sperma mi riempì mentre raggiungevo la vetta, le mie pareti interne gli stringevano e mungevano il cazzo per raccogliere tutto il seme.

«Khrys» gridai con voce rotta.

«Kailani. Dolce umana. Il mio bellissimo, meraviglioso essere umano.»

* * *

KHRYS

PORTAI KAILANI nel dormitorio e la misi sul letto. «Hai preso la medicina?»

Annuì, con lo sguardo blu fisso nel mio, le pupille spalancate. Il suo viso era arrossito di una bella tonalità di rosa dorato. Aveva un aspetto soddisfatto.

Contento, persino.

Adoravo quello sguardo su di lei, *kazo*, e mi promisi di metterglielo in faccia a ogni rotazione del pianeta.

Se avessi potuto tenerla, ovviamente.

Avrei dovuto presentare una petizione a re Zander per ottenere il permesso di accoppiarmi con lei. Avrebbe potuto rifiutare. Era molto preziosa. Avrebbe potuto preferire che si accoppiasse con più di un maschio zandiano perché i suoi geni avrebbero potuto essere particolarmente utili per le generazioni future.

Questo pensiero mi fece venire voglia di prendere a pugni

il muro della navicella.

Il re avrebbe potuto non concedermi nemmeno una compagna dopo quello che avevo fatto. Tuttavia, se il corpo di Kailani avesse fornito le risposte per curare la principessa Kaylar e gli altri mezzosangue malati, ero certo che ne sarebbe stato grato.

«Hai mangiato qualcosa? Hai fame?»

Scosse la testa. «No, padrone.»

Kazo. Ogni volta che mi chiamava così, volevo gridare alle stelle la mia soddisfazione. Niente era mai sembrato più perfetto alle mie orecchie.

«Bene, perché ora ti reclamerò di nuovo.» Mi trascinai sopra di lei e le bloccai delicatamente i polsi, poi li premetti accanto alla sua testa. «Dimmi una cosa, piccola guerriera. Hai pensato di andartene senza di me, vero?»

Le sue pupille si restrinsero e le si bloccò il respiro. Mi chinai e feci quello che non vedevo l'ora di fare dal momento in cui l'avevo vista per la prima volta all'asta: prendere in bocca uno dei suoi vivaci capezzoli marroni. Gli feci girare la lingua attorno e poi lo morsi.

«Hmm? Hai capito come avviare la nave. Un ordine e avresti potuto lasciarmi indietro.»

«Ma non l'ho fatto» sussurrò.

Le rivolsi un sorriso lento e feroce. «No, non l'hai fatto. Sai perché?»

Fece oscillare lentamente la testa da un lato all'altro.

Misi un po' del mio peso sopra di lei, il cazzo lungo tra le sue gambe. Praticai lo stesso trattamento al suo capezzolo trascurato. Ruotò i fianchi per andare incontro ai miei.

«Perché sai che adesso mi appartieni, vero? Mi prenderò cura di te. Sono il tuo padrone.»

«A-avevo paura che avessi bisogno del mio aiuto» ammise, e mi si strinse il cuore.

«Eri preoccupata per me.» Il mio sorriso si allargò.

«Sì.»

Strisciai più in basso sul suo corpo e le allargai le ginoc-chia. «Pensavo che una piccola punizione fosse opportuna. Ma penso che, invece, dovrebbe essere una ricompensa.» La leccai dentro.

Sussultò come se fosse scioccata dalla sensazione, chiuse le ginocchia intorno alle mie spalle. «Khrys!» gridò. Quando mi afferrò entrambe le antenne, trattenni il respiro, quasi venendo una seconda volta senza preavviso.

«Va bene, Kailani. Non sono sicuro che tu ti renda conto di quello che mi stai facendo.»

Mi rivolse un sorriso d'intesa, così pieno di fiducia e potere da lasciarmi senza parole. «Penso di sì» fece le fusa. Feci scivolare la lingua tra le sue pieghe, tracciando le labbra delicatamente. «Quale sarebbe stata la mia punizione?» chiese, come se fosse dispiaciuta di essersela persa.

Feci scorrere la lingua sul suo pulsante del piacere e le sue ginocchia mi colpirono di nuovo le spalle. Sollevò i fianchi dal letto per premere il sesso contro la mia bocca. Li spinsi verso il basso e appoggiai le labbra sul piccolo nocciolo, succhiando.

«Oh, oh!» Mi sfiorò le orecchie con le ginocchia.

«Non lo so, una piccola sculacciata. Forse sulla figa questa volta.»

Si appoggiò sui gomiti, con gli occhi spalancati. «C-come?»

Sorrisi. «Così, bellissima.» Spinsi una delle sue ginocchia in alto, verso la spalla, per aprirla a me, poi abbassai legger-mente le dita sul clitoride in una piccola sculacciata.

Sussultò, la pancia piatta tremò dentro e fuori. «Sì» sussurrò.

Ricominciai a farlo, ma uno strano rumore mi fece saltare e girare, pronto ad attaccare. «Che diavolo...»

Il piccolo whimmet del campo era saltato sul lettino

dietro di me. Lo afferrai e mi morse la mano, non forte; i suoi denti piatti non avrebbero potuto danneggiare un lenzuolo di seta, ma chiaramente non gli importava di me.

«*Kazo* di essere fastidioso» imprecai, asciugandomi la mano sulla coperta.

«Non fare del male a Whimmie!» esclamò Kailani.

Mi ci volle solo un attimo per calmare i miei riflessi, e poi scoppiai a ridere. «Hai portato quella creatura sulla navicella?»

«Si è nascosta nel sacco dei fiori. Non è adorabile? È stata lei a dirmi che dovevo uscire e trovarti nella tempesta.»

Ridacchiai. «È così?»

«Sì! Posso tenerla?»

Presi in braccio la creatura che fece le fusa e la appoggiai delicatamente sul pavimento, lontana da noi. Protestò, balzando indietro con grazia.

«Non credo che le sarà permesso di entrare a Zandia, Kai, ma vedrò cosa possiamo fare.» Presi di nuovo in braccio lo stupido aspirante animale domestico e lo lasciai cadere a terra. «Tuttavia, portare animali vivi sulla mia navicella senza permesso comporta delle conseguenze.»

Kailani si appoggiò sui gomiti, i bellissimi seni scivolavano mentre si muoveva. «Quali?» gli occhi le brillarono di interesse.

«Te lo mostrerò.» Mi spostai indietro e le sollevai le gambe toniche, tenendole entrambe le caviglie con una mano in direzione del soffitto. Le diedi uno schiaffo al culo scoperto.

Il suo grido sembrò molto più animato di eccitazione che di dolore. Le diedi qualche altra sculacciata. In questa posizione, il suo sesso era esposto tra le gambe e potevo sculacciarla anche lì. «Oh! Oh. Ung.» La sculacciai finché il sedere non divenne di una bella sfumatura di rosa, e poi le abbassai i fianchi sul lettino. «Rotola, piccola guerriera. Fammi vedere quel culo rosso.»

Kailani sembrò insicura solo per un momento, poi obbedì, rotolando sulla pancia e guardandomi da sopra la spalla.

«In ginocchio, tesoro.» Le sollevai i fianchi, così lei si appoggiò sulle ginocchia. Quando cercò di alzarsi con le mani, le premetti la mano tra le scapole per mantenerle il busto abbassato. «Proprio così.» Strofinai il cazzo sul suo ingresso gocciolante. «Brava ragazza», mormorai quando si rilassò, e io entrai.

«Mmm» mormorò, apparentemente godendosi la sensazione di essere nuovamente riempita da me.

«Prendi il mio cazzo come una brava ragazza» la lodai. Le afferrai i fianchi e le diedi qualche breve colpo, colpendole il sedere con i lombi a ogni spinta.

Gemette, forte e a lungo.

Lo stupido whimmet cercò di saltare di nuovo sul letto, e Kailani ridacchiò, spingendolo via.

Procedetti lentamente, con diversi lunghi colpi dentro e fuori, godendomi la sensazione del cazzo che si raffreddava ogni volta che lasciava il suo canale stretto e poi sprofondava di nuovo nel suo delizioso calore. Premetti il pollice sul suo ano e lo massaggiai. «Quando sarai davvero cattiva, ti prenderò qui» le dissi, con il cazzo che si ispessiva ancora di più al pensiero. Il suo buco posteriore si strinse e si mosse alla minaccia.

«Khrys» gemette. «Per favore.»

«Ne hai bisogno più velocemente, mia piccola guerriera?»

«Sì, padrone.»

Kazo. Iniziavo di nuovo a perdere il controllo. Le afferrai i fianchi e li colpii con forza, incapace di trattenermi. Mi spinsi dentro di lei con tale forza che allungò le braccia per appoggiarsi al muro. Mi allungai su di lei e le strofinai il clitoride gonfio.

Gridò, i suoi muscoli si contrassero attorno al mio cazzo.

Non potevo sopportare oltre. Gridai e la colpii, con le palle che si stringevano, le cosce che tremavano. «Kailani!» *Kazo.* Entrai e uscii, le luci mi danzavano dietro agli occhi, e poi venni con un ruggito abbastanza forte da riempire l'intera navicella.

Mi si annebbiò la vista per qualche istante. Quando si schiarì, trovai Kailani che ansimava e ridacchiava sotto di me.

«Dolce piccola guerriera.» Mi rilassai e mi abbandonai accanto a lei, attirandola tra le mie braccia. «Avrei dovuto sapere che mi avresti rubato il cuore.»

CAPITOLO DIECI

Kailani

K Il viaggio verso Zandia fu più breve di quanto entrambi avremmo voluto. Ero nervosa riguardo a come sarebbe stato vivere su Zandia con Khrys. Non aveva detto espressamente che si sarebbe accoppiato con me, ma considerando quante volte mi aveva dato piacere nella passata rotazione del pianeta, sembrava ovvio che io fossi sua.

Khrys sembrava diventare più teso man mano che ci avvicinavamo. Quando aprì le comunicazioni per annunciare il nostro sbarco, la sua voce era profonda e concisa.

«Va tutto bene?» chiesi, mentre un pizzicore di avvertimento cominciava a strisciarmi lungo le braccia.

Fece atterrare il velivolo con perizia: un tocco morbido e sussurrato al suolo, poi si girò sul sedile di volo e mi guardò. I suoi occhi castani erano turbati. «Kailani, c'è qualcosa che dovrei dirti.»

Sentii delle spine corrermi ovunque. «Che cosa?» Mi si strinse lo stomaco.

«Il motivo per cui sono venuto a prenderti all'asta è...»

Balzai in piedi, mentre il terrore mi attraversava.

«Ricordi che ti ho parlato dell'epidemia?»

«Cosa?» La mia mente vagava, cercando di capire cosa stesse cercando di dirmi Khrys.

La conversazione venne interrotta dal sibilo dei sigilli delle porte e sbattei le palpebre davanti alle nuove luci brillanti che filtravano dall'asfalto. Un turbinio di voci e attività assalì i miei sensi. Una manciata di zandiani inondò la navicella.

Recuperai Whimmie quando emise un verso allarmato.

«Capitano Khrys, devi venire con noi» annunciò una delle guardie.

«Perché hanno delle armi?» fui sorpresa dalla vista dei guerrieri vigili che fiancheggiarono me e Khrys. «Non capisco.» Mi rivolsi a Khrys, quella terribile sensazione mi cresceva nello stomaco.

«Kailani, ho preso questa navicella senza permesso e dovrò risponderne, ma andrà tutto bene.» Parlò velocemente mentre le guardie ai suoi lati lo prendevano per le braccia. Si liberò dalla loro presa. «Vengo pacificamente, non c'è bisogno della forza» sbottò.

Strinsi forte Whimmie e lei strillò allarmata.

«Khrys?» La mia voce era alta e in preda al panico. Tremava. «Cos'è tutto questo? Cosa sta succedendo?»

«Benvenuta a Zandia.» Uno degli zandiani, sembrava un comandante, mi squadrò dall'alto in basso e la sua voce, anche se non era arrabbiata, non sembrava calda e invitante. «Capitano Khrys, andrai con Gabin per l'interrogatorio. Kailani, per favore, vieni con noi nella camera medica di isolamento.» Non era una richiesta.

Camera medica di isolamento.

Quelle parole seminarono un nuovo terrore nel mio corpo.

«Dalle un momento» abbaiò Khrys mentre i guerrieri

accanto a lui tentavano di tirarlo giù dalla navicella. Lo spostarono giù per la rampa e lui gridò da sopra la spalla: «È stata traumatizzata dai suoi ex padroni. Dovete andarci piano. Ha paura degli aghi!»

In nome di Madre Terra, cosa stava succedendo? Khrys mi aveva appena tradita? Mi aveva rubata dall'asta solo per consegnarmi ad altri esperimenti medici? Ero una tale idiota! Sapevo che non ci si poteva fidare di lui!

Mi piegai in due come per vomitare, ma non uscì nulla.

«Vieni, Kailani» disse il comandante.

«Non andrò da nessuna parte con te» dissi al maschio che si era rivolto a me, con il cuore in gola. Misi con attenzione Whimmie su un sedile e mi preparai a combattere. Mi guardai intorno in cerca del mio kit medico: era dall'altra parte dell'area, troppo lontano per essere raggiunto. «Lasciate. Andare. Khrys.»

«Khrys deve rispondere delle sue azioni, ma mi aspetto che verrà rilasciato. Soprattutto se la nostra squadra medica ti ritiene utile come speriamo.»

Speriamo?

Squadra medica?

«No.» Mi accovacciai in posizione di combattimento. «Nessuna squadra medica mi tocca. Non ho acconsentito a questo.»

Il comandante abbassò le sopracciglia, ma non sembrava arrabbiato. Era più confuso. «Non ti verrà fatto alcun male, Kailani. Khrys non te ne ha parlato? Abbiamo un bisogno fondamentale delle tue cellule per combattere il virus Z4-A che ha infettato la nostra giovane popolazione umana.»

L'epidemia. Era questo quello che Khrys stava cercando di dirmi.

Ma quello stronzo non aveva mai detto nulla riguardo al fatto di usare me, le mie cellule, per curarla. Come aveva potuto? Mi aveva davvero usata come pedina per comprare la propria libertà per gli errori commessi su Zandia?

Il dolore mi squarciò il cuore, tanto quanto la rabbia.

Saltai per attaccare, prendendo a calci il comandante e riuscendo quasi a prendergli la spada alla cintura. In un lampo e in un turbinio di movimenti, i potenti guerrieri zandiani mi sottomisero, urlando di rabbia.

«Portatela in infermeria» disse il comandante. «Bayla lì può calmarla.»

«Non vado da nessuna parte!» Urlai, contorcendomi e dimenandomi nella loro presa, ma non riuscii a liberarmi. Mi trascinarono giù dalla nave. «Lasciatemi andare!»

«Dottor Daneth» sentii il comandante parlare in tono teso. «La paziente non collabora. Avremo bisogno di un sedativo, così non si farà male.»

In lontananza, vidi Khrys voltarsi da dove era stato scortato via. «Kailani!» Sembrava allarmato. «Lasciatela andare!» Si liberò e corse verso di noi, ma pochi istanti dopo venne placcato a terra.

«Che *kazo* Khrys» gli urlai, usando la sua parolaccia. «Mi hai venduta! Ti odio! Non ti perdonerò mai per questo!»

Quando si rimise in piedi, non provò più a liberarsi, ma non si lasciò nemmeno trascinare via. Restò in piedi, guardandomi scalciare e combattere, con l'angoscia che tradiva il suo solito volto impassibile.

«Niente infermeria, niente infermeria» ripetevo mentre mi spingevano avanti. Nessuno mi aveva fatto del male, ma non riuscivo a liberarmi dalle loro restrizioni.

«Devono assicurarsi che tu sia sana» disse uno di loro.

«E isolarti per la tua protezione prima della donazione», disse un altro. «Il medico deve tenerti in un ambiente sterile prima di qualsiasi procedura chirurgica.»

«L'équipe medica è ansiosa di estrarre le tue cellule. Il tuo dono potrebbe essere la risposta che stavano cercando.»

Le lacrime mi bruciarono gli occhi. Niente più esperimenti. Niente più interventi chirurgici.

In qualche modo sembrava tutto molto peggio ora che avevo avuto un assaggio di libertà. Avevo creduto che fosse finita. Che avrei visto le cascate e sarei stata responsabile della mia medicina.

Ma non sarei stata libera. Ero di nuovo in cattività, un pezzo di carne respirante posseduto da altri, soggetto ai loro capricci e desideri.

Feci un altro tentativo di liberarmi, lottando contro i due zandiani che mi tennero finché non finii a terra con uno di loro seduto sopra di me.

«Lasciala, o ti taglio la testa» ruggì Khrys furioso. Teneva una spada puntata alla gola dello zandiano sopra di me. Gabin, il guerriero che lo aveva trattenuto prima, stava alle sue spalle, come se fosse disposto a consentire il suo intervento.

La guardia si allontanò lentamente. «Sto solo eseguendo gli ordini, capitano. Ho cercato di non farle del male.»

«Non sono ferita» ringhiai tra i denti, la furia che rendeva impossibile provare qualcos'altro.

«Parlale» gli consigliò Gabin. «Vedi se riesci a calmarla.»

«Kailani... mi dispiace. Avrei dovuto parlartene prima dell'atterraggio. Abbiamo dei piccoli qui che sono malati. Il tuo corpo possiede la chiave per aiutarli a sopravvivere.» La sua voce era piena di supplica. «Abbiamo solo bisogno di un po' di sangue e di tessuto di midollo osseo...»

Gli diedi uno schiaffo in faccia più forte che potevo.

Mi aveva tradita. Mi aveva tradita, cazzo.

Il mio respiro divenne più veloce, con ventilazioni strane e brevi. Davanti agli occhi apparve un turbinio statico nero e giallo.

«Non ti faranno del male. Hanno solo bisogno di alcuni campioni. Dopodiché...»

«No» sussurrai, indietreggiando. «Nessun campione. Non posso. Lo sai che non posso!» Mi accovacciai e vomitai.

«Prendetela adesso» disse il comandante. «Ha bisogno di aiuto.»

«Lascia che la prenda io» implorò Khrys, ma il guerriero Gabin lo prese per il braccio. «Stai solo peggiorando le cose» disse.

I due guerrieri mi presero per le braccia. «Starai bene molto presto» mi promise uno di loro. «Ti portiamo dal dottor Daneth.»

Lo disse come se la cosa dovesse portare conforto. Invece, quasi svenni dal panico. Iniziò l'iperventilazione. Il sapore del vomito in bocca era acre.

Uno dei guerrieri camminava tenendo Whimmie con il pollice e il medio lontano dal suo corpo come se fosse malata.

Urlai. «Non farle del male!» Piansi. «Lei è mia! Lei è mia. Per favore.» Crollai completamente, trascinando i piedi come una bambola inerte.

Uno zandiano mi sollevò con disinvoltura anche se le sue braccia erano impassibili. «Sbrigati» disse al suo compagno. «È preziosa per Zandia. Dobbiamo portarla immediatamente dal dottore.»

L'ultima cosa che ricordavo dei momenti prima di svenire era il rumore dei miei respiri singhiozzati e il dolore di un mal di testa che mi spaccava il cranio in un milione di pezzi.

CAPITOLO UNDICI

K *hrys*
    Non avevo mai provato un dolore simile prima, nemmeno quando era morto mio fratello. Era tutto vero quello che dicevano delle femmine umane. Attivavano le emozioni in noi. Ci riportavano in vita. Ci rendevano vulnerabili a questa angoscia schiacciante per la vita.

Perché Kailani, l'essere bello, forte e dolce che avevo promesso di proteggere, si sentiva tradito da me.

Kazo!

L'avevo tradita. Era stata una mia idiozia non spiegarle la situazione. Avevo rimandato, volevo conquistare la sua fiducia, legarla a me. Ma avrei dovuto dirglielo prima dell'atterraggio. Invece, l'avevo reclamata egoisticamente ancora e ancora, dimenticando ciò che era importante.

Zandia.

Solo che non mi sembrava giusto.

Non Zandia: *Kailani*.

Stelle, sì. Era vero. Quella donna significava per me più del mio onore. Ancor più che aiutare i mezzosangue malati.

Se mi fossi comportato meglio, non sarebbe stata una scelta. Se fossi riuscito a convincere Kailani ad aiutarci prima del nostro arrivo.

Kazo! Questo era l'errore peggiore di tutti.

Gabin mi condusse nella stanza degli interrogatori e si sedette con me. «Dovrai aspettare il consiglio, credo.»

Quando non risposi, disse: «Mi dispiace, amico mio.»

Scossi la testa. «No, merito questo e altro ancora. Tutto. La mia compagna…»

Gabin alzò le sopracciglia. «Ti sei accoppiato con lei? Senza permesso? Non ho visto nessun piercing.»

Mi misi la testa tra le mani. «No, non ufficialmente. Ma l'ho reclamata, Gabin. Si fidava di me. E in questo momento lei è sola e spaventata, e io sono qui in questa cella per essere interrogato, incapace di fare nulla.»

Gabin scosse la testa. «Non mi sembrava che ti volesse lì.»

Il peso terribile sul mio petto divenne ancora più pesante. «*Kazo.* Lo so. Non le ho mai detto perché la volevamo. È stata traumatizzata dai suoi ex padroni. Odia i dottori, gli aghi e gli interventi chirurgici. Non volevo spaventarla. Pensavo che prima avrei potuto conquistare la sua fiducia. Ma ho solo peggiorato le cose, e di tanto.»

«Non le hai peggiorate» disse Gabin, ma sapevo che voleva semplicemente essere gentile.

«Ho bisogno di stare con lei. Anche se non mi vuole lì. Abbiamo legato.»

Il comunicatore da polso di Gabin si accese. «Porta il capitano Khrys in una cella di detenzione. Il re non vuole vederlo finché l'umana non sarà stata valutata.»

Mi alzai in piedi. «No!» Urlai. «È troppo tardi. Maestro Seke, la mia compagna è molto angosciata. A questo punto non è disposta a fornire alcun campione. La obbligheremo?

La tratterete tanto male come il resto della galassia tratta gli umani?»

L'ologramma di Seke si girò per guardarmi. «Capitano, la sua riluttanza è proprio il motivo per cui andrai in una cella di detenzione. I tuoi metodi per prelevarla potrebbero non essere stati onorevoli. Abbiamo bisogno di informazioni complete prima che venga intrapresa qualsiasi azione.»

Imprecai e ricaddi sulla sedia.

E poi mi colpì una terribile consapevolezza.

«Ha bisogno delle sue medicine» sbottai. «Quelle per cui siamo andati a Dentron a raccogliere fiori. Se non le prende, soffre terribilmente.»

«Dov'è il farmaco?» chiese freddamente il maestro Seke.

«Sulla navicella. Devo prenderlo subito.» Stavo già correndo fuori dalla porta, senza permesso.

* * *

KAILANI

MI SVEGLIAI IN UN INCUBO. Due esseri si libravano sopra di me, scrutandomi con grande concentrazione, uno era uno zandiano, l'altro apparentemente una femmina umana.

«I suoi organi vitali sono forti ed è priva di agenti infettivi» dichiarò il maschio. «Ma i livelli di adrenalina sono alti e il suo cortisolo è pericolosamente elevato. Avrà bisogno di riposarsi e rilassarsi prima di poter iniziare i test.» Sembrava dispiaciuto per questo. «Devono prima tornare a livelli normali.»

Mentre venivano messi a fuoco, mi resi conto che aveva in mano una siringa.

Urlai e sussultai.

L'umana sussultò sorpresa, ma lo zandiano non reagì. La

sua espressione era fredda. «È sveglia» disse alla sua compagna. Appoggiò la siringa su un vassoio lucido. «Calmala, per favore.»

Tutto il mio corpo cominciò a tremare. Mi alzai barcollando in posizione seduta. «No» mi sforzai. «Allontanati da me.»

La siringa brillava alla luce.

La voce umana era gentile e morbida. «Non ti faremo del male, Kailani. Ti daremo qualcosa per aiutarti a rilassarti.»

Ero confusa dal fatto che fosse un essere umano a lavorare su di me. Un essere umano in una posizione di potere su di me.

«Dov'è il mio whimmet?» Non avevo idea del motivo per cui stavo chiedendo dell'animale adesso. Forse perché con il tradimento di Khrys, quella piccola creatura pelosa era l'unico essere di cui mi fidavo.

«Il tuo cosa?» L'umana mi guardò sbattendo le palpebre, le sue sopracciglia inarcate in un'aria interrogativa.

«L'animale che ho trovato. Era sulla navicella con me.»

«Mi dispiace, non ne so niente.» Mi porse un tubo di fluido. «Per favore, bevi questo, ok? Hai bisogno di reidratarti.»

Ignorai il fluido. «Non le hanno fatto male, vero?» Il mio stomaco era duro come una roccia. Il dolore iniziò a riverberarmi nel cranio.

Il dottore si fece avanti, con l'ago già pronto nella mano guantata.

«No! Non toccarmi.» Ero rauca dal panico. Sembrava che non mi avessero legata, ma avevo le vertigini e la nausea. Il mio mal di testa stava crescendo rapidamente.

Mi guardai intorno in cerca di qualche via di fuga. Ero in una piccola stanza prevalentemente bianca e argento: sembrava un'infermeria. La porta era sicura e la finestra, anche se si apriva, non sembrava facilmente accessibile.

Saltai giù dal tavolo accovacciandomi. «Non voglio farvi del male, ma lo farò» lo avvertii.

Lo zandiano si pose immediatamente in modo protettivo davanti all'umana dai capelli scuri. «Non farai nulla del genere» ribatté.

«Andrà tutto bene.» L'umana sembrava così gentile. Toccò il braccio dello zandiano in un gesto che appariva più intimo di quello di padrone e schiava o addirittura di un capo e dipendente. «È normale essere disorientati durante la prima rotazione del pianeta qui. Molti esseri umani hanno questo tipo di reazione. Ma adesso sei su Zandia. Sei al sicuro.»

Guardai l'ago e il panico salì di nuovo. «Fatemi uscire di qui. Dovete lasciarmi uscire di qui. Non vi permetterò di sperimentare su di me.» Un tremito terribile mi attraversò le membra. Calciai via l'ago dalla mano dello zandiano. Almeno ci provai, ma lui si spostò velocemente di lato e mi mise un braccio intorno al petto.

«La sederò. È troppo agitata per ragionare. Ci riproveremo più tardi» disse alla sua assistente.

«No!» Urlai, dandogli una gomitata e quasi riuscendo a liberarmi.

«Fermi!» Khrys ruggì, apparendo sulla soglia. «Liberatela.»

Il dottore mi lasciò andare, ma parlò con Khrys in modo pacato. «Non sei tu a dare gli ordini nel mio laboratorio, capitano.»

«Ha bisogno di farmaci. Non vedi che è in preda al dolore?»

Mi resi conto, allora, che aveva in mano la scatola con le mie medicine. Nonostante la mia rabbia nei suoi confronti, questo fatto produsse una risposta immediata nel mio corpo. Sollievo. Bisogno disperato. Il desiderio di fare qualsiasi cosa mi dicesse di fare per prendere le medicine.

Mi precipitai da lui e lui si affrettò ad aprire la scatola, tirando fuori il contagocce. Aprii le labbra e lui me lo fece gocciolare in bocca.

«Vieni con me» ordinò Khrys, prendendomi la mano.

«No» abbaiò il dottore. «Non ha il permesso di lasciare il...»

«Dottor Daneth, so cosa c'è in gioco qui. Ma la mia compagna a questo punto è spaventata e non è disposta ad aiutare, e devo insistere affinché venga affidata alle mie cure per garantire il suo benessere emotivo.»

Sbattei le palpebre, il pulsare nella mia testa iniziò a diminuire. Il mio cervello confuso dal dolore incespicò su diverse parti della sua affermazione contemporaneamente. *La mia compagna. Non è disposta a questo punto ad aiutare. Benessere emotivo.*

Tolsi la mano dalla sua presa e gli diedi uno schiaffo forte in faccia. Non lo schivò né lo parò, si limitò a prenderlo, mentre il rimpianto emergeva dalla sua espressione.

«Capitano Khrys, chiaramente sei responsabile del suo turbamento emotivo» disse il dottor Daneth.

«No, non è lui! Sei tu!» urlai al dottore. Per qualche ragione, arrabbiata come ero con Khrys, sentivo comunque il bisogno di proteggerlo. «Siete tutti voi.» Guardai male ogni essere nella stanza. «Ma faresti meglio a non fare del male a Khrys. Se c'è qualcuno che farà del male a Khrys, quella sarò io.» Schiaffeggiai Khrys ancora una volta per buona misura. «Così.»

Il dottore fece un verso che avrebbe potuto essere di irritazione. «Questo è altamente irregolare e inappropriato.» Guardò Bayla e poi di nuovo me. «Devi calmarti, così possiamo procedere.»

«Dottor Daneth.» La voce di Khrys era ferma e convincente. «Hai ragione; è arrabbiata con me e ne ha tutto il diritto. Mi piacerebbe comunque avere la possibilità di spiegarle le cose. Di aiutarla a capire cosa c'è in gioco.» Incrociò lo sguardo del dottore. «Non credo che sarà in grado di adattarsi finché non si sentirà sicura e protetta. Posso aiutarla a farlo.»

Anche se ero arrabbiata oltre ogni immaginazione con Khrys, stargli vicino aveva comunque un effetto stranamente calmante. Ero sollevata che stesse bene. Quando me lo avevano portato via, ero così terrorizzata per lui...

Feci un respiro profondo.

Il braccialetto sul mio braccio emise un segnale acustico. Una delle luci rosse era diventata gialla. Un'altra iniziava a lampeggiare in verde.

«Interessante.» Il dottore mi guardò il polso. «Sembra che stare con te aiuti i suoi parametri vitali a migliorare.» Aggrottò la fronte.

Bayla si avvicinò e mi guardò negli occhi. «Vuoi andare con il capitano Khrys adesso, Kailani?»

Annuii.

Bayla guardò il dottore. Sembrava che stessero avendo una conversazione senza parole. Inclinò la testa; lui annuì.

«Va bene.» Il dottore incrociò le braccia. «Puoi lasciare l'infermeria per un breve periodo.» Mi toccò il polso e guardò Khrys. «Ma se diventano rossi, devi riportarla indietro per la sua sicurezza.»

Lo ignorai e ripresi subito la mano di Khrys nella mia. «Andiamo.» Mi stavo dirigendo verso la porta prima di Khrys. Nel momento in cui uscimmo dal laboratorio, iniziai a correre. Khrys tenne la mia mano stretta nella sua, tenendo il passo.

Eravamo in una specie di edificio dal pavimento in marmo, il più bello e costoso di tutti quelli che avevo visto. Niente a che vedere con il tipo di edifici sanitari che avevo conosciuto prima.

«Da questa parte.» Khrys mi trascinò lungo un corridoio

e poi fuori da una porta. Uscimmo e io mi fermai, sbattendo le palpebre nella luce del pomeriggio.

«Dove stiamo andando?»

«Ovunque tu voglia andare, piccola guerriera» disse Khrys a bassa voce. «La cascata. Il mio domicilio. Fuori dal pianeta, da qualche parte. Dipende da te, sappi solo che non andrai da sola. Ovunque tu vada, vado anche io. Sei la mia compagna.»

Mi girai e mi misi di fronte a lui, mentre gli occhi mi si riempivano di lacrime. «Khrys, cosa sta succedendo?»

Il senso di colpa e il rimorso gli attraversarono il volto. «Andiamo alla cascata e ti racconterò tutto. Mi dispiace, Kailani. Mi dispiace tanto. Non avrei mai voluto che le cose andassero in questo modo.»

«Quale modo?» Una delle lacrime scese, calda e frettolosa, lungo il mio viso.

Mi prese il viso tra le mani, spazzandola via. «Vieni con me. Per favore. E ti dirò tutto.»

Annuii, un'altra lacrima mi rigò il viso. Perché, quale altra scelta avevo? Era Khrys o quell'orribile infermeria laggiù. Anche se avessi voluto prendere a calci Khrys nelle palle, avrei scelto lui invece di un dottore ogni giorno.

Lo avrei scelto al posto di qualunque essere.

«E che mi dici di Whimmie?» chiesi, ricordando l'unico altro essere che sembrava prendersi cura di me in questo momento.

Khrys fece una pausa sorpreso. «Prenderemo anche lei. Va bene? Potrei finire nei sotterranei per questo, ma...»

«Ma cosa?» Alzai il viso verso il suo, cercando di capire tutto.

«Tu sei ciò che è importante per me.»

CAPITOLO DODICI

hrys
Presi la mano di Kailani e la condussi al mio hovercraft, con cui volai nella radura sopra la cascata. Mi sembrava di essere fortunato: non c'erano altri mezzi parcheggiati nella zona. Avremmo avuto la cascata tutta per noi.

Mi guardò nervosamente. Avevo perso la sua fiducia e non sarebbe stato facile recuperarla. Sembrava ancora pensare che io stessi cercando di ingannarla.

«Dai. L'adorerai» promisi, prendendole la mano e correndo con lei verso le cascate. Corse accanto a me, acquistando velocità quando sentì il rumore dell'acqua che si infrangeva.

Girammo intorno al punto in cui cascate gemelle si riversavano sui cristalli zandiani, inviando prismi arcobaleno in tutte le direzioni. Kailani si fermò e sussultò.

«Oh! È bellissimo.»

Le strinsi la mano, grato quando non si liberò dalla mia presa.

«L'acqua è calda. Una cascata è calda, l'altra è fredda,

quindi la piscina sottostante ha la temperatura perfetta.» Mi spogliai.

Sapevo che dovevamo parlare, ma avrei fatto qualsiasi cosa per mostrarle qualcosa di carino in questo momento. Qualcosa di bello.

Si mordicchiò la guancia, poi si spogliò anche lei.

«Sai nuotare?»

Mi rispose saltando in acqua davanti a me. Sorrisi e la seguii. Era una nuotatrice fantastica, e si spostò dritta verso le cascate, tuffandosi sotto di esse e poi riapparendo, sorridente.

Non ero così abile. Avevo trascorso metà della mia vita nello spazio, allenandomi sulla sontuosa capsula di re Zander dopo aver perso il nostro pianeta. Non avevamo la possibilità di nuotare lì, ma il mio corpo ricordava ancora come rimanere a galla e come spingermi avanti. Seguii la figura slanciata di Kailani sotto le cascate. Nuotò sotto l'acqua e scoprì la sporgenza segreta ricoperta di muschio dietro le cascate.

«Quindi non hai mentito sulla cascata» disse a malincuore, uscendo dall'acqua per esaminare la parete di cristallo. Le mie antenne si irrigidirono alla vista di lei completamente nuda e fuori dall'acqua, ma repressi la mia lussuria.

«Non ho mentito su nulla. Gli zandiani non mentono.» Uscii dall'acqua e mi sedetti su una soffice zona di muschio.

Si girò, rabbia e dolore le rovinavano il bel viso. «Che cosa hai omesso, allora?»

Cercai di deglutire contro la stretta che sentivo intorno alla gola. «Un virus Z4-A ha colpito il pianeta. Non gli zandiani, ma gli umani più deboli. Molti dei piccoli... i mezzosangue su cui contiamo per mantenere in vita la nostra specie, inclusa la figlia del re, Kaylar. Alcuni sono già morti.»

Divenne immobile e tesa. «Capisco.»

«Quando ho visto il tuo dossier, speravo che la tua resistenza ingegnerizzata alle malattie potesse fornire qualche risposta. Per salvare i bambini.»

«E hai pensato che saresti stato un eroe e avresti salvato la tua specie portandomi qui.»

Mi strofinai la faccia. «*Kazo*, Kailani. Questo era il mio piano, sì. Prima che ti conoscessi. E poi ho capito quanto eri traumatizzata. Quanto odiavi gli aghi e i dottori, e io ho omesso il mio scopo. Non volevo che avessi paura. Ma avrei dovuto dirti tutto. E mi dispiace... mi dispiace tantissimo per il modo in cui ti hanno presa. Non avrei mai voluto che ciò accadesse. Vorrei strappargli tutte le teste dal collo.»

Venne a sedersi accanto a me. Parte della tensione aveva lasciato il volto di Kailani. Dubitavo di essere stato perdonato, ma forse non era arrabbiata come prima.

«Mi hanno preso in custodia perché non avevo chiesto il permesso di andare in missione. Avrei dovuto tenerne conto. Sono stato uno sciocco. Credo di aver immaginato uno sbarco molto più celebrativo. Io l'eroe, tu l'eroina. Invece siamo stati trascinati lì entrambi come prigionieri.»

Mi studiò. «Allora, cosa succede adesso?»

Alzai le spalle. «Non devi fare nulla. Non lascerò che ti tocchino, va bene? Se vuoi che vada a rubare un'altra aeronave e ti porti da qualche altra parte, lo farò. Ma ti prego di dare una possibilità a Zandia. Non a me: non sei obbligata a parlarmi o a vedermi mai più se non vuoi. Ma non ho mentito quando ho detto che Zandia è un luogo sicuro per gli umani. Potresti fare amicizia qui. Farti una vita.»

Mi guardò sbattendo le palpebre. La sua pelle dorata arrossì leggermente. «Mi hai chiamata compagna... in infermeria.»

Le mie antenne si ingrossarono e si inclinarono nella sua direzione. Provai di nuovo a deglutire. «Ti voglio come mia compagna, sì. Se tu mi vuoi.»

Non rispose.

«Ma gli accoppiamenti devono essere approvati dal re. Non so se mi sarà concesso il privilegio.» Presi uno dei minuscoli cristalli sul bordo e lo feci rotolare tra le dita.

«Soprattutto se non aiuto i medici, giusto?»

«Non ne sono sicuro» ammisi.

«Ti sei messo ancora più nei guai portandomi via da lì?»

Alzai le spalle. «Possibile. Non mi interessa. Eri spaventata e sola, e non avevo intenzione di sedermi a obbedire agli ordini mentre stavi soffrendo.»

«Sei un idiota» disse, alzandosi in piedi.

Sentii una pietra affondarmi nel ventre. «Sì, sono d'accordo.»

Mi passò una gamba sopra e si mise a cavalcioni sul mio grembo. «Grazie.»

Mi si bloccò il respiro. Le antenne diventarono durissime. Mi riempii le mani del suo culo e le tirai i fianchi sulla mia erezione mentre reclamavo la sua bocca.

«*Kazo*, Kailani.»

Strofinò la figa liscia sulla mia erezione, contorcendosi sul mio grembo. Quando si abbassò per afferrare il cazzo e guidarlo dentro di sé, non trattenni il ringhio di soddisfazione. Le morsi il collo, le succhiai il capezzolo. Poi le afferrai il sedere e sollevai e abbassai i suoi fianchi sopra i miei. I seni gloriosi mi rimbalzavano davanti al viso. Mi mise le braccia sottili attorno al collo e mise la bocca su una delle mie antenne.

Ruggii dal piacere, stringendole i fianchi contro i miei, quasi venendo. «Stelle, Kailani. Se lo fai di nuovo, tutto finirà troppo presto.»

Scoppiò in una risata roca. «Così?» Prese tutta l'antenna in bocca, facendole girare la lingua attorno. Succhiò forte. Mi tremarono le cosce. Le palle si avvicinarono, strette.

«Kailani» dissi con voce strozzata.

Lei strinse l'antenna e io gemetti, trafiggendola con la mia erezione mentre la tiravo su di me con rapidi rimbalzi. Fece roteare quella lingua bagnata e vellutata attorno all'altra mia antenna.

«*Kazo, kazo, kazo*» gemetti. «Non resisterò un altro momento.»

«Mmm» emise un verso attorno alla mia appendice sensibile.

Non ne potevo più. La girai sulla schiena sul morbido muschio e la sbattei come se la mia vita dipendesse da questo.

La sua testa cadde all'indietro dal piacere. «Sì, Khrys. Sì!»

Non ero mai stato più felice di sentire quelle parole. *Kazo*, avevo pensato di aver perso per sempre la mia compagna laggiù, e adesso stava urlando il mio nome mentre la colpivo tra le gambe. Per l'unica vera stella zandiana, non mi interessava se non avessero mai più ripristinato il mio onore. Era questo ciò che contava. Questo era il posto a cui appartenevo.

Mi costrinsi a rallentare, descrivendo un arco dentro e fuori da lei dolcemente, mentre abbassavo la testa per stuzzicarle uno dei capezzoli con la lingua.

Gemette e mi afferrò le antenne, portandomi a sbatterla di nuovo forte.

«Piccola guerriera» mormorai. «Ho così tanto bisogno di te. Ti amo, Kailani.»

Sussultò e mi avvolse le gambe attorno alla schiena, stringendomi forte. Gli occhi le brillavano per le lacrime. «Ti amo, padron Khrys. Sei il mio compagno.»

Il suo compagno.

Kazo.

Ero perso.

Appoggiai una mano sul muschio e la colpii, appoggiando la fronte contro la sua, mentre i nostri respiri affannosi si mescolavano. Per qualche istante il tempo rimase sospeso. Eravamo in estasi insieme: il punto di equilibrio tra amore, lussuria, bisogno e tutto ciò che era meraviglioso. Poi, il bisogno aumentò la sua portata, e io mi scagliai contro di lei ancora più forte, facendole urlare il mio nome finché non divenne rauca, ed entrambi precipitammo nel precipizio verso la soddisfazione.

Il suo canale stretto strinse il mio cazzo, mungendolo alla ricerca dell'essenza color arcobaleno. Le baciai il viso, le palpebre, i capelli morbidi e setosi. «Ti amo, Kailani» mormorai, sapendo senza dubbio che era vero. Anche se l'amore era più un'espressione umana, non un'emozione che avrei mai immaginato di conoscere.

«Ti amo.»

Alzò la sua piccola mano e mi accarezzò il viso. «Anch'io ti amo.»

Mi abbandonai accanto a lei e ci spostammo, guardando la cascata e la miriade di arcobaleni intorno alla grotta di cristallo. Cercai e trovai un altro cristallo perfetto per terra e glielo consegnai.

«È questo il cristallo che alimenta i vostri corpi?»

«Sì. Cristallo zandiano. Viene utilizzato nella tecnologia laser e si trova solo sul nostro pianeta, quindi è ciò che ci rende ricchi. Questo è anche il motivo per cui la nostra specie è stata quasi spazzata via.»

«Quando il tuo pianeta fu invaso.»

«Sì, quando ero giovane.»

«E tuo fratello è morto nel tentativo di riconquistarlo.»

«Sì.»

Il suono di alcune voci tagliò il ruggito dell'acqua: la risata di un piccolo e il richiamo di una madre.

«Eeeeh.» Kailani si rialzò.

Risi e la spinsi per farla rientrare in acqua, seguendola subito dietro.

* * *

KAILANI

CI TUFFAMMO SOTTO LE CASCATE. Khrys nuotò per prendere i nostri vestiti mentre io mi tenevo indietro e osservavo la famiglia sulla riva della piscina cristallina. Era una famiglia mista - tre maschi zandiani e una femmina umana con due gemelli, mezzosangue, forse di tre cicli solari - che sguazzavano nelle acque poco profonde. Quell'immagine mi era completamente estranea.

L'umana, infatti, appariva libera. Era seduta su una coperta stesa a terra e mangiava cibo da contenitori d'argento con due degli zandiani mentre il terzo stava in riva all'acqua e sorvegliava i bambini. Aveva un atteggiamento rilassato. Un sorriso sul viso. E non riuscivo a capire cosa stesse mangiando, ma sembrava cibo vero, intero, non le confezioni di gel che avevo mangiato nello spazio o le barrette proteiche che mi davano i kraa.

Il mio stomaco improvvisamente brontolò.

Khrys uscì dall'acqua, meravigliosamente imperturbabile per la sua nudità, e salutò la famiglia. Risposero al saluto. Osservai i suoi muscoli contrarsi mentre indossava i vestiti, poi prese i miei e camminò lungo la riva nella mia direzione. Nuotai ed uscii, scrollandomi di dosso le gocce d'acqua e lasciando che il suo grande corpo mi proteggesse dalla vista mentre mi vestivo.

«Chi sono?» chiesi, sbirciando intorno, affascinata da ciò che vedevo. Sembravano felici. Non avevo mai visto esseri felici prima. Soprattutto non un essere umano.

«Una famiglia zandiana. Vieni, te li presento.»

«Li conosci?»

«Zandia è piccola. Non li conosco bene, ma li riconosco.»

Khrys mi passò le scarpe e io le infilai. Mi prese la mano e ci avvicinammo alla coperta.

I tre si alzarono per salutarci. Nella piscina, l'altro zandiano prese in braccio i bambini e li trasportò.

«Saluti.» Khrys alzò il braccio con il gomito piegato a novanta gradi. Gli zandiani replicarono lo stesso gesto. «Lei è Kailani. È arrivata su Zandia durante questa rotazione del pianeta.»

«Piacere, Riya.» La femmina mi scioccò parlando a nome del gruppo. «E loro sono i miei compagni, Jax, Tarren e Ronan.»

Cercai di evitare di strabuzzare gli occhi. «Tutti e tre sono tuoi compagni?»

Il suo sorriso era quasi sensuale. «Le femmine umane sono fortunate su Zandia.» Fece scorrere le dita sugli addominali rigidi di Tarren, lo zandiano a torso nudo che era giù in acqua con i piccoli. Era alto e il suo viso era pesantemente sfregiato. Lo avrei trovato spaventoso se non fosse stato per il modo familiare e quasi possessivo con cui lo toccava. «Possiamo averne più di uno. Hanno un disperato bisogno di ripopolare e diffondere i loro geni.»

Toccò le teste dei bambini. Entrambi i piccoli avevano la pelle più chiara, a metà tra il viola chiaro degli zandiani e il colore umano di lei, e piccole antenne sulle teste.

«E loro sono Tarrian e Rylan, i nostri ragazzi.»

«Voglio tornare in acqua» implorò uno dei piccoli, tirando il braccio di suo padre.

«Vi ci porto io» si offrì Jax. «Corriamo fino alla riva.» Tutti e tre iniziarono a correre, Jax correva agilmente mentre i ragazzini pompavano vigorosamente le gambe.

Osservai, affascinata.

«Hai fame? I miei compagni hanno preparato cibo a sufficienza per tutta Zandia.»

«Beh, i ragazzini hanno bisogno di cibo a un ritmo allarmante» spiegò Ronan. «Allarmante per noi, comunque. Proprio quando ci siamo abituati a quanto ha bisogno di mangiare un essere umano adulto, abbiamo dovuto imparare a non lasciare mai che il livello di zucchero nel sangue di un mezzosangue scenda.»

«Mangiano molto?» Khrys sembrò sorpreso. Mi osservò con uno sguardo affettuoso e mi ritrovai ad arrossire, intuendo i suoi pensieri.

«Mi piacerebbe mangiare» ammisi.

«Siediti» mi esortò, e sprofondammo tutti sulla coperta. Aprì tutte le scatoline di metallo e me le mise davanti. «Questi sono pomodori cimelio, originari della Terra. Lamira, la compagna di re Zander, era originariamente una schiava agricola e ha mostrato agli zandiani come coltivare, poiché la popolazione umana ha bisogno di cibo.»

Mi misi in bocca uno dei piccoli frutti rossi, che esplose di succhi e sapore. «Mmm» gemetti. «Dolce Madre Terra, non ho mai assaggiato niente di così buono in vita mia.»

Khrys prese una specie di bacca e me la portò alle labbra, nel gesto di darmi da mangiare. «Hai provato le bacche di limone? Non vengono dalla Terra, ma sono deliziose.» Sostenni il suo sguardo mentre lo osservavo, assaporando il momento, che per me era brillante e irreale.

Presi una specie di pane soffice e lo morsi, gemendo per il gusto e la consistenza deliziosi. Per qualche istante mangiai e basta, assorbendo la meravigliosa scena di cui facevo parte: i sapori incredibili, la conversazione informale e amichevole, le risate dei bambini e gli spruzzi nell'acqua.

«I tuoi piccoli sono sani?» chiese Khrys a Tarren.

L'enorme maschio scosse la testa. «A entrambi è stata diagnosticata, ma non vediamo ancora alcun effetto. Abbiamo deciso di andare avanti come se le cose fossero normali finché non lo saranno più.»

Il mio sguardo volò sul viso di Riya e colsi un'aria preoccupata che prima mi era sfuggita. «Hanno il…» provai a deglutire: «il virus Z4-A? Quello che colpisce i vostri piccoli?»

Guardai Khrys e lui annuì.

Inaspettatamente, scoppiai in lacrime.

«Kailani.» Khrys sembrò allarmato. Mi prese in grembo.

Scossi la testa. «Sto bene.» Non sapevo perché stavo piangendo. Non era perché ero triste per i bambini, perché avevo già preso una decisione. Se avessi avuto i mezzi per salvare quei dolci esseri, lo avrei fatto in un batter d'occhio. Era più una specie di liberazione: per tutta la paura e il trauma del mio passato. Per la bellezza davanti a me. Per la gentilezza e l'apertura di questa meravigliosa famiglia mista.

«Non devi farlo. Non devi fare nulla» mormorò Khrys, fraintendendo le mie lacrime.

«Fare cosa?» chiese Riya.

«Non devi» mi calmò Khrys. «Non lascerò che accada.»

«Che cosa? Cosa c'è che non va?» chiese Riya.

«No, va tutto bene.» Feci una risata tra le lacrime. «Posso farlo. Lo farò subito.» Mi mossi per alzarmi dalle sue ginocchia. Prima mi ero sentita una vittima, come se mi fosse stato fatto qualcosa. Ora vedevo che era chiaramente una mia scelta. E saperlo faceva la differenza. Non ero una codarda e avevo sopportato i peggiori tipi di dolore. Sapevo che potevo sopportarne un po' di più. «Lo farò. Torniamo indietro.»

Khrys si alzò in piedi. «Sei sicura?»

Annuii. «Sono sicura.»

CAPITOLO TREDICI

K *ailani*
«Voglio donare. Vi darò il mio sangue e le mie cellule.»

Strinsi forte la mano di Khrys, ma la mia voce non tremava. «Khrys mi ha convinto a farlo, ed è grazie a lui che... mi offro a voi.»

Questa volta mi si incrinò la voce. Ma tenni il mento alto mentre guardavo lo schieramento di zandiani davanti a me, guerrieri ed esseri importanti. Il re.

«Vi prego, in cambio, di perdonarlo per quello che ha fatto. Vi donerò il sangue ogni volta che lo vorrete.» Speravo di non esagerare, ma cercavo disperatamente di convincerli a lasciare che Khrys fosse libero e a permettergli di stare con me.

Poi mi inchinai, come avevo visto fare a Khrys alla cascata con la famiglia lì, mostrando la dovuta deferenza verso il re. Accanto a me, Khrys fece il gesto zandiano con il braccio e si chinò anche lui.

Mentre aspettavamo di conoscere il nostro destino, guardai il mio guerriero zandiano. Il suo bel viso, così pieno di preoccupazione ma anche pieno di amore, mi fece sciogliere.

«Ti amo qualunque cosa accada» sussurrai. «Sei il mio compagno.»

«Ti ha chiamato compagno, capitano Khrys?» Il re, le cui orecchie erano chiaramente buone quanto le mie, si avvicinò. La sua voce non era crudele, ma non volevo che fosse arrabiato con me. Sembrava un essere che aveva potere ed era abituato a esercitarlo secondo necessità.

Khrys si alzò. «Sì» disse. «Non l'ho ancora trafitta, ma l'ho reclamata sulla navicella. Intendo chiedere il permesso di prenderla come mia compagna ufficiale e di prendermi cura di lei per il resto della nostra vita.» Mi mise un braccio intorno alle spalle. «E se me ne darai la possibilità, servirò Zandia con tutto il cuore, al meglio delle mie capacità.»

Notai che la voce di Khrys aveva perso un certo peso e la tensione che aveva, anche nei nostri bei momenti insieme. Sembrava fiducioso e audace, invece che leggermente nervoso e triste.

Pensai che anche il re se ne fosse accorto, perché inclinò la testa ed esaminò Khrys attentamente.

«E continuerò sicuramente a darvi il miglior sangue possibile e, certo, il midollo osseo o qualunque cosa vi serva, se lo farai» aggiunsi velocemente, stringendolo con un braccio. «Poiché i miei livelli di adrenalina e cortisolo saranno nei valori desiderati, ne sono sicura, se mi sarà permesso di stare con Khrys.» Tutto il mio corpo tremava per l'ansia e, a dire il vero, avevo bisogno di sentire Khrys accanto a me per non svenire o cadere nel panico. Lo afferrai e cercai di non iperventilare.

«Vedi?» Riuscii a sostenere il polso. Quella stupida fascia da braccio mostrava tutte le luci verdi. Non sapevo cosa significassero, ma a quanto pareva indicavano il mio stato di salute.

Il dottor Daneth emise un verso di approvazione. «Questo è molto buono. Molto più velocemente di quanto mi aspettassi, date le sue condizioni iniziali.»

Il re ci guardò entrambi, gli occhi vagavano sui nostri volti. «Hmm.» Annuì tra sé. «Dottor Daneth, per favore portala in infermeria.»

Non sapevo se questo significasse un sì, che aveva accettato il mio accordo, o se significasse *vaffanculo*, facciamo quello che vogliamo, e manderemo comunque Khrys in prigione.

Ma mi ero offerta e non mi sarei tirata indietro.

Il rigido zandiano dell'infermeria venne verso di me. «Sono contento che tu abbia cambiato idea» disse senza intonazione, ma la vivacità dei suoi movimenti indicava che era davvero trepidante. «Per favore vieni con me.» Indicò davanti a sé. «Uno dei nostri piccoli è prossimo alla morte e abbiamo bisogno dei tuoi anticorpi il più rapidamente possibile.»

Mi fermai e guardai indietro. «Per favore. Ho bisogno di Khrys. Può stare con me mentre faccio questa cosa?» Adesso mi tremava la voce. Volevo essere coraggiosa, ma non si poteva dire cosa mi sarebbe successo quando avessi visto gli aghi. Khrys mi faceva sentire forte, però. Rendeva tutto sopportabile.

Ci fu un lungo, terribile silenzio, poi il re disse: «Sì. Vai con la tua compagna, capitano Khrys.»

Espirai per il sollievo e allungai la mano per prendere la mano tesa di Khrys. «Oh, grazie, grazie» gridai, ma avevo seppellito il viso nella spalla di Khrys e non sapevo se il re potesse sentirmi. Tutto quello che sapevo era che finalmente la mia vita stava iniziando a prendere forma in un modo che non avrei mai immaginato possibile.

«Capitano Khrys, ritorna alla prossima rotazione del

pianeta» ordinò il re. «Ci sono ancora alcune questioni che devo discutere con te.»

«Sì, mio signore» concordò Khrys. La sua voce, però, era piena di sollievo quanto la mia. Era chiaro che, anche se il re era ancora arrabbiato, il destino di Khrys non sarebbe stato brutto. E saremmo stati insieme, che era la cosa più importante nell'universo.

* * *

KHRYS

Kailani sembrava terrorizzata, ma si sedette sulla panca liscia e appoggiò il braccio sul tavolo scintillante come indicato dal dottor Daneth. Ero accanto a lei e le tenevo l'altra mano.

Bayla si girò verso di noi, con un sorriso gentile. «So che hai paura.» Toccò la spalla di Kailani. La sua voce era bassa e rassicurante. «Prima di tutto ti daremo un agente anestetico, così non sentirai dolore. Quindi utilizzeremo una serie di aghi per estrarre sangue e midollo osseo. Sentirai la pressione, ma non farà male. Successivamente il tuo braccio sarà dolorante per alcuni cicli solari, ma guarirà come se nulla fosse successo.»

«Va bene. Posso farlo.» Kailani aveva una presa mortale sulle mie dita. «Voglio aiutare.»

«È un aiuto enorme. Potresti essere la risposta.» Bayla tirò fuori dalla tasca un piccolo dispositivo olografico. «Permettimi di mostrarti una cosa, Kailani.»

Lo toccò e un'immagine prese vita. Mi chinai anch'io e lei mi porse il dispositivo, così potevo vederlo chiaramente e tenerlo sollevato affinché Kailani potesse vederlo.

«Questo è un giovane zandiano prima della malattia.»

Sullo schermo, un mezzosangue incredibilmente piccolo

correva verso una donna umana, con le braccia piene di rami.

«Mamma!» gridò, mentre il suo faccino si illuminava di eccitazione. «Guarda cosa ho trovato! Costruirò un forte enorme.»

Lasciò cadere il suo bottino e la donna lo prese tra le braccia. Lui ridacchiò e si dimenò e le avvolse le sue braccine viola attorno al collo.

Quindi venne riprodotta una nuova immagine. Era lo stesso ragazzino, ma ora era apatico e malato, respirava affannosamente e aveva gli occhi chiusi. Il viso di sua madre era tirato e rigato di lacrime. «Sta peggiorando», sussurrava allo spettatore. «Il suo respiro è più affaticato. Semplicemente non so...»

L'ologramma ingrandì il volto del piccolo. Era pallido e la pelle era umida. Era a un milione di anni luce dal bambino robusto che correva e giocava.

Bayla riprese il dispositivo olografico. «Questo è solo un esempio. Decine dei nostri piccoli si sono ammalati. Potrebbero morire. Sono il futuro di Zandia. E degli esseri umani.» Toccò la mano di Kailani. «Crediamo che il tuo sangue abbia anticorpi che possono salvarli, Kailani.»

«Fallo subito. Non ho più paura.» Kailani fece un respiro profondo. «Voglio aiutare.»

Il dottore ritornò. «Non sussulterai o ti allontanerai, vero?» Aveva lo sguardo perennemente serio sul viso. «È importante che tu rimanga ferma durante la procedura e so che non ti piace essere trattenuta.»

Un eufemismo. Mi aspettavo che Kailani impazzisse, ma non lo fece.

«No.» Kailani scosse la testa. «Resterò qui. Non mi muoverò.»

Le strinsi la mano in modo rassicurante e lei mi sorrise.

Si contrasse appena quando il dottore le spalmò l'anestetico sul braccio. E guardò dritta verso l'ago quando le bucò la pelle.

Ero ipnotizzato nel vedere il suo sangue rosso vivo scorrere nel tubo e controllavo con ansia il suo viso, ma stava bene. Sembrava contenta.

«Puoi prenderne di più» si offrì.

«Questo è tutto ciò di cui abbiamo bisogno.» Il dottore terminò l'estrazione e si allontanò verso un tavolo. Mise una fiala in una macchina che ronzò ed emise un segnale acustico.

«Tutto rientra nei parametri e nella normalità. Grazie, Kailani. Questo è esattamente ciò di cui avevamo bisogno!» Era insolitamente eccitato. «È perfetto.» Il dottor Daneth guardò Bayla. «Puoi preparare il secondo estrattore?»

«Questo secondo ago è più grande» ci avvertì Bayla. «Forse vuoi chiudere gli occhi? Non ti farà male, ma potrebbe turbarti guardare?»

«*Voglio* guardare.» La voce di Kailani era ferma. «Voglio vedere le cose magiche che provengono da me e che aiuteranno i bambini.» Una lacrima si formò all'angolo dell'occhio. «Sono fatta di cose buone, Khrys.» Cominciò a piangere. «Per così tanto tempo sono stata solo uno strumento. Ora sono più di questo. Voglio vedere tutte le cose belle. Ora so che sono reali.»

Le asciugai le lacrime con le dita. «Dolce piccola guerriera, sei piena di cose straordinarie.» La baciai dolcemente. «E ti mostrerò ogni giorno quanto sei straordinaria.»

In qualche modo anche la mia voce era un po' tremante. *Kazo*, forse ero stato contagiato dalle sue emozioni. I miei occhi erano un po' annebbiati.

«Va bene, l'ultimo ago, adesso.» Il dottore si avvicinò.

Kailani fece un respiro profondo e non mosse un muscolo durante il processo.

Quando fu finita, la presi tra le mie braccia. «Ce l'hai fatta. Sei incredibile.»

«Non ha nemmeno fatto male» mi sussurrò all'orecchio. «E io sono qui. E non mi è successo niente di brutto.»

«Non ti succederà mai niente di brutto» le promisi. «Me ne assicurerò io.»

«Puoi portarla a casa» ci interruppe il medico. «Assicurati che riceva molti nutrienti, compresi questi tubi vitaminici.» Ci consegnò un pacchetto. «Ora, se volete scusarmi, porterò immediatamente i campioni al mio laboratorio e mi metterò al lavoro.» Cominciò a sistemare un kit e si avviò verso il laboratorio.

«Kailani, dovrai tornare fra tre rotazioni planetarie per la prossima fase» disse Bayla, mettendo una piccola benda sui punti della puntura. «Solo così possiamo assicurarci che tutto vada bene.»

«Va bene.» Kailani sorrise.

Sapevo che camminava bene, ma la presi comunque tra le braccia. «Ti porto a casa mia» le dissi. «Il nostro domicilio, adesso. Possiamo averne uno più carino ora che sei qui con me.»

«Non mi interessa come appare.» Mi mise le braccia al collo. «Finché siamo insieme.»

Il sole era caldo sul mio collo mentre attraversavo la piazza. Gli esseri ci stavano osservando, ma non mi interessava, e sicuramente non mi fermai a fare presentazioni. Avrebbero incontrato Kailani abbastanza presto e, in questo momento, avevo solo una cosa in mente.

«Hai parlato di cose buone dentro di te» le sussurrai all'orecchio. «Ho una cosa davvero bella che ho intenzione di metterti dentro non appena saremo soli.»

«Oooh, mi piace quella cosa bella» disse subito, mordendomi l'orecchio. «Voglio che tu mi riempia almeno tre o quattro volte questa rotazione del pianeta.»

Ringhiai e il cazzo mi si indurì nei pantaloni. «Questa e ogni altra rotazione del pianeta, piccola guerriera. E probabilmente avrò bisogno anche di sculacciarti qualche volta, per ricordarti di comportarti bene ora che sei una cittadina zandiana.»

«Naturalmente» concordò. «Potrei aver bisogno di più di una lezione.»

Potevo accontentarla.

CAPITOLO QUATTORDICI

Kailani

Il suo domicilio non era ricco o lussuoso, ma l'insieme di due stanze, uno spazio abitativo principale con un divano letto e un bagno separato, era pulito e organizzato. Mi guardai intorno, curiosa, facendo scorrere il dito su una panchina liscia, controllando la vista dalla finestra, che si affacciava su una trafficata arteria zandiana sottostante.

«Mi piace.» Mi girai verso di lui e sorrisi. «Ha tutto ciò di cui abbiamo bisogno.»

«Suppongo che sia un po' meglio della grotta su Dentron.» Si avvicinò a me e mi passò un dito lungo la guancia.

«Oh, c'erano alcune cose della grotta che mi piacevano.» Spinsi il mio corpo contro il suo, così che i miei seni entrassero in contatto con la sua tunica.

«Le rocce?» Si strappò la tunica, rivelando il suo glorioso corpo muscoloso.

Alzai le spalle.

«Forse i rami secchi. Ho sentito che agli umani piacciono.» Si tolse i pantaloni e, anche se avevo visto il suo cazzo in numerose occasioni, la vista mi diede le vertigini dal bisogno. «Spogliati per me, piccola guerriera.»

Abbassai il mio indumento leggero. «Non erano i rami. Riprova.»

«Il panorama.»

«Oh, mi piace questo panorama, credimi.» Sorrisi vedendo il suo fantastico corpo nudo. «La guarderei volentieri tutto il tempo.» Scattai via quando lui si avvicinò a me. «Lo guarderò da qui, così posso vedere tutto.»

Rise. «Basta con i giochetti. Metti quel delizioso corpicino sul letto, a quattro zampe, e presenta il culo al tuo padrone.»

«Dovresti essere tu?» Alzai un sopracciglio.

Poi gridai ridendo mentre lui si mosse come un fulmine e mi afferrò.

«Lo sai, piccola.» Si sedette e mi prese sulle sue ginocchia. «Purtroppo per te, dovrò ricordartelo con il palmo della mano.»

Mi diede uno schiaffo forte sul sedere, ancora e ancora. «Gli umani su Zandia devono obbedire ai loro tutori. Sei talmente sfacciata che dovrò sculacciarti spesso per mantenerti docile.»

«Ahi!» Gridai anche se mi piaceva il bruciore, che mi ricordava che stavano per arrivare orgasmi incredibili.

«Venti di questi» decise, «probabilmente saranno sufficienti per convincerti a presentarmi subito il tuo bel culetto quando te lo chiederò.»

Mi sculacciò ancora e ancora. «La prossima volta che te lo chiedo, mi aspetto che tu mi obbedisca immediatamente.»

«Sì, padrone.» Sussultai, mentre il bruciore iniziava a diventare più forte. «Lo prometto. Per favore!»

Mi massaggiò il sedere. «Sei pronta a fare quello che ti ho chiesto?»

«Sì, per favore» piagnucolai, e una volta che mi lasciò andare, mi affrettai ad arrampicarmi e mettermi a quattro zampe, allargando le gambe abbastanza da permettergli di vedere la figa, proprio come piaceva a lui.

«Molto bene» mormorò, avvicinandosi e massaggiandomi le natiche formicolanti. «Inclina leggermente i fianchi verso l'alto. Sì, così. Ricorda quella posa per la prossima volta.»

«Sì, padrone», sussurrai, sistemando il mio corpo. «Ti voglio.»

«E mi avrai. Tra poco.»

Si alzò dal letto e sentii un rumore metallico mentre apriva un armadio.

«Cosa fai?» Provai a dare un'occhiata.

«Resta in posizione» ordinò, con voce gentile ma ferma, quindi guardai di nuovo la copertina e mi assicurai che i miei fianchi fossero belli alti.

Quando tornò, mi toccò dolcemente la schiena. «Il dottor Daneth lo ha consigliato come strumento da usare sulle femmine umane. Vedrò come reagirai.» Lasciò cadere qualcosa sul letto vicino al mio polpaccio, ma non riuscivo a vedere cosa fosse.

Feci un piccolo verso incerto e lui ridacchiò. «Penso che finirà per piacerti. È un plug che va...» toccò con un dito il mio ano esposto, «qui.»

Squittii e cercai di chiudere le gambe, ma lui se lo aspettava e mi afferrò le cosce con le mani potenti.

«Rilassati» mi calmò. «Ho mai fatto qualcosa che alla fine non ti è piaciuto?»

«No, padrone» sussurrai.

«Allora fidati di me.»

«Sì, padrone.» Ero nervosa per questo plug, ma non aveva torto: tutto ciò che faceva di intimo finiva per procurarmi un piacere immenso, quindi decisi di rilassarmi e godermi questa nuova esperienza con lui.

«L'ho lubrificato.» Premette qualcosa di freddo contro il mio ingresso. «Tieni i muscoli rilassati ed entrerà più facilmente, Kailani.»

«Eeeeh!» Istintivamente girai i fianchi.

Mi sculacciò il culo. «Stai ferma.» Poi sentii lo scatto di un coperchio e mi versò del liquido sul sedere. «Prima ti farò abituare con le dita.»

Usò l'indice per spalmarmi la lozione sulle natiche e alla fine passò il dito verso l'ano. Quando lo premette all'interno, emisi un piccolo gemito ma cercai di rilassare il corpo come mi aveva indicato. All'inizio mi sembrò stretto ed estraneo, ma mentre muoveva il dito dentro e fuori, ancora e ancora, prima più in profondità, poi stuzzicandomi il bordo dell'ano, iniziò a farmi sentire... bene.

Veramente bene.

Mi dimenai e sussultai. «Khrys.»

«Ti piace?» ridacchiò. «È quello che mi aspettavo.»

Infilò un secondo dito insieme al primo.

«Ahi, oh.» Trattenni il respiro: fece male per un secondo, poi mi sentii ancora meglio di prima.

Mosse le dita dentro e fuori con una mano e usò l'altra per allungarsi sotto e giocherellare con i miei capezzoli. Non passò molto tempo prima che muovessi ritmicamente i fianchi, chiedendogli qualcosa di più.

«Hmm. Penso che tu sia pronta.» Tirò fuori le dita. «Chiedimi il plug, Kailani. Non avrai il mio cazzo oggi finché non ti sarai goduta una bella sessione con il plug, quindi ti suggerisco di chiedermelo molto gentilmente e di convincermi a mettertelo nel tuo bel culetto.»

· · ·

«Per favore, Khrys.» Deglutii. «Voglio...» Sentii la faccia avvampare. Non volevo chiederlo.

Mi diede uno schiaffo sul culo. «Cosa vuoi?»

«Voglio... per favore, mettimi il plug nel culo.» La mia voce era debole, ma riuscii a far uscire le parole.

«Ovviamente.» Piazzò il plug all'entrata del mio culo. «Sarei felice di aiutarti, piccola umana.» Questa volta, poiché il mio corpo era preparato, il plug entrò subito.

«Farà male per un po', poi ti sentirai di nuovo bene» mi avvertì.

«Ahia!» Il bordo del mio ano bruciava mentre la parte più spessa del plug mi penetrava il corpo. Stavo per chiedergli di toglierlo, quando il resto scivolò dentro, lasciandomi una sensazione di pienezza.

Il dolore svanì. Khrys afferrò il plug e iniziò a inserirlo delicatamente nel mio corpo, estraendolo parzialmente, spingendolo dentro. Ruotandolo.

Ogni sensazione mi incendiava le terminazioni nervose in un modo che non avevo mai conosciuto e capii che sarei venuta presto.

«Khrys, per favore.» Sussultai.

Riposizionò il plug e mi sculacciò una volta sopra. Quasi esplosi proprio lì.

«Oh, stelle» mormorai.

«*Kazo*, Kailani, non posso più aspettare.» Si mise dietro di me e il cazzo spinse contro la figa. «Sei pronta per una bella scopata?»

«Stelle, per favore, sì.»

Come sempre, il cazzo enorme sembrava entrare a malapena, anche quando ero bagnata, e poi quando era dentro di me, non volevo che finisse mai.

Mi afferrò i fianchi e pompò, dolcemente e poi più forte.

«Ti senti ancora meglio con quel plug nel culo?» Tirò

fuori il cazzo e me lo spinse dentro, così forte che mi dovetti sostenere con entrambi i gomiti e gli avambracci sul letto.

«Sì» sussurrai. Il profumo della mia eccitazione e della sua riempì l'aria, un profumo inebriante che mi eccitò ancora di più. «Sì.»

Poi non ci fu bisogno di parole perché il ritmo prese il sopravvento. Ci muovemmo insieme come una cosa sola finché il piacere non esplose su di me, e gridai la mia gioia quando anche lui venne.

La sensazione della sua liberazione mi spinse a livelli di piacere ancora più alti, e venni ancora e ancora, tutto il mio corpo sopraffatto dalle sensazioni miracolose.

Dopo un momento, si girò e si lasciò cadere accanto a me, ansimando. Ero bagnata di sudore e delirante di felicità, e avevo appena l'energia sufficiente per cadere su un fianco e spingermi contro di lui. Una mano sulla sua coscia, l'altra che gli stringeva la natica, restai lì sdraiata e mi godetti questo momento con lui.

Khrys.

Il mio compagno.

Il tempo passava, e i raggi del sole entravano dalla finestra, illuminando i nostri corpi, facendo risplendere tutto, almeno quando mi prendevo la briga di aprire gli occhi un attimo qua e là solo per guardarlo.

Ma poi...

Eeeeh!!!

Uno strano suono arrivò da un armadietto dall'altra parte della stanza.

Eeeeeh.

«Khrys?» Mi svegliai dalla mia delirante foschia. «C'è qualcosa... cos'è questo rumore?» Mi alzai su un gomito. «Viene da laggiù.»

«Eh?» Sbatté le palpebre.

Sorrisi: era ubriaco di questa sensazione quanto me.

«C'è un rumore. Non lo so... va tutto bene?»

Sqeeeeee.

All'improvviso, spalancai gli occhi. «Oh, stelle mie, Khrys... è...»

Non volevo nemmeno sperarlo, ma sicuramente assomigliava molto al mio Whimmie.

Si schiarì la voce e riuscì a rimettersi in piedi. «Volevo aspettare finché non ci fossimo rilassati un po', ma ho fatto qualcosa. Per te.»

Spostò le tavole e prese da dietro la panca un piccolo contenitore con dei fori per l'aria. «Ho avuto il permesso dal nostro direttore agricolo di tenerla per te. L'hanno controllata alla ricerca di eventuali malattie, ma non ne ha e non può riprodursi, quindi...»

Aprì la cassa e vidi una macchia di viola e blu.

Squeeeek! La creatura corse attraverso la stanza e saltò sul letto. In un secondo fu tra le mie braccia e mi leccò il viso con quella strana lingua ruvida. Emise un verso vibrante dal profondo del suo corpo.

«La mia Whimmie!» Il mio cuore fece un balzo e risi, tenendola stretta. «Oh, Khrys. L'hai presa per me. È qui.» La abbracciai e le baciai la sommità della testa. «Ed è anche tutta pulita. Guarda com'è carina!»

Khrys alzò gli occhi al cielo. «È tollerabile.» Incrociò le braccia. «Per la cronaca, li considero ancora parassiti. Ma questa può vivere... qui.» Arricciò il naso. «Con noi. Per tutto il tempo... per quanto lo vorrai.»

Chiaramente non era entusiasta. Whimmie lo guardò e ringhiò. Poi saltò sul davanzale della finestra e si dispose in un fagottino per osservare le attività.

Khrys attraversò la stanza e si sedette accanto a me. «Mi ha morso solo una volta quando l'ho portata al centro agricolo» disse, alzando la mano. «Scommetto che prima o poi inizierò a piacerle.»

«Oh, ne sono sicura.» Gli presi la mano. «Dove ti ha morso? Vuoi che ti baci lì?»

«Non importa la mano. Puoi baciarmi qui.» Khrys indicò i suoi calzoni. «Su una zona molto precisa. So che mi farà sentire meglio.»

«C'è solo un modo per scoprirlo.» Gli feci l'occhiolino.

E il resto della rotazione del pianeta andò molto, molto bene.

EPILOGO

Hrys

K «È così bello» sussurrò Kailani mentre entravamo nel giardino reale e prendevamo posto. È vero, il giardino era splendido, pieno di fiori e alberi da frutto, viti e bacche tutto attorno al perimetro. Centinaia di zandiani si riunivano all'interno delle mura del palazzo ricostruito per la cerimonia e la celebrazione.

Ai tempi in cui vivevamo nella sontuosa capsula, prima di recuperare il nostro pianeta dai Finn, il re Zander, che era ancora conosciuto come il principe Zander, teneva un banchetto per tutti gli zandiani viventi una rotazione del pianeta ogni ciclo lunare. Avevamo avuto tutti il piacere di cenare con il principe e la sua squadra reale. Si sedeva sul suo trono e ascoltava le lamentele ed emetteva sentenze.

Ora che eravamo tornati su Zandia e la popolazione era cresciuta e si era diffusa, qui si svolgevano riunioni formali e spesso erano solo su invito.

Oggi io e Kailani eravamo ospiti speciali.

Re Zander si trovava sul palco e premette un interruttore per amplificare la sua voce. «Saluti, zandiani. E ormai lo sapete tutti, quando dico zandiani includo sia quelli nati nella nostra specie sia quelli adottati, accoppiati e naturalizzati.» Lasciò che la situazione si stabilizzasse, mentre il suo sguardo spaziava sulla folla mista di zandiani, umani e mezzosangue.

«Siamo qui oggi per celebrare l'eradicazione totale e completa del virus Z4-A dal nostro pianeta. Tutti gli esseri infettati dal virus si sono ora completamente ripresi. Non ci sono nuovi casi di infezione e abbiamo un vaccino per garantire che non avremo mai un'altra epidemia. Per favore, unitevi a me nell'onorare coloro che si sono dedicati alla ricerca di una cura e alla cura dei malati. Vorrei innanzitutto presentarvi il primo membro d'onore, il medico reale, il dottor Daneth.»

La folla applaudì mentre il dottor Daneth saliva sul palco e si inchinava.

«La sua compagna e assistente, Bayla.»

Bayla arrivò sul palco, fece un inchino e prese il suo posto accanto al dottor Daneth.

«Il capitano Khrys, il guerriero i cui metodi possono essere stati discutibili ma che ha cercato e trovato le risposte per una cura fuori dal pianeta.»

Mi alzai e mi inchinai, senza mai distogliere lo sguardo dalla mia bellissima compagna.

«La sua compagna, Kailani, che ha ripetutamente offerto il suo sangue e le sue cellule per la nostra sperimentazione finché il dottor Daneth e il suo team non sono stati in grado di sviluppare la cura.»

Kailani salì le scale fino alla pedana e fece un grazioso inchino, poi si mise accanto a me. Le avvolsi il braccio intorno alla vita e la strinsi al mio fianco, in modo protettivo, anche se non aveva bisogno di protezione.

Re Zander continuò a nominare gli altri membri della squadra, ma io smisi di ascoltare perché Kailani alzò il viso verso il mio. «Il dottor Daneth ha scoperto qualcosa di nuovo nell'ultimo campione di sangue che ho somministrato» sussurrò.

Dall'altro lato, Bayla allungò il collo per vedere Kailani.

Mi accigliai. «Che c'è?» mormorai in risposta, con il cuore che iniziava a battere forte.

«Sono incinta.» Il suo sorriso avrebbe potuto illuminare mille lune.

«Stelle» mormorai, toccandole il viso. «È vero?» Mi girai verso Bayla, anche lei sorridente.

Kailani annuì.

Re Zander finì di consegnare i riconoscimenti e la folla esultò. Presi in braccio la mia piccola guerriera per portarla giù dalla pedana, improvvisamente non mi fidavo più che i suoi piedi toccassero il suolo.

«Che dici?» La feci girare.

Lei ridacchiò, la luce più bella le illuminava il viso.

«Avremo un bambino? Veramente?»

Stelle, non avevo mai desiderato dei piccoli, ma ora il pensiero mi riempiva di così tanto orgoglio e gioia che riuscivo a malapena a contenerlo.

«Dovresti essere a casa a letto? Cosa dobbiamo fare?» All'improvviso mi allarmò la necessità di proteggerla a tutti i costi.

Bayla era ancora vicino a noi e rideva. «Sta bene. Può continuare a lavorare con te come assistente addestratrice finché non arriverà il bambino. Ma dopo dovrai trovarti una nuova assistente.»

Fissai i bellissimi occhi azzurri della mia compagna, il giardino intorno a me girava. «Mi hai reso così felice, piccola guerriera.»

Mise la testa sulla mia spalla e mi baciò il collo. «Anch'io sono felice.»

«Prima di incontrarti, la mia vita stava andando in pezzi.

Il mio onore era a brandelli, mi odiavo per i miei errori. Non potevo immaginare un futuro che avesse qualche possibilità di gioia. Durante questa rotazione del pianeta, sono stato onorato dal mio re, insieme alla mia incredibile compagna che mi ha aiutato a cacciare i miei fantasmi nel passato. Colei che è la più grande eroina del nostro pianeta. E adesso mi dice che avremo un figlio, che diventeremo una famiglia?» Mi bruciavano gli occhi.

«Stavo pensando... se avremo un maschio, lo chiameremo Kyl come tuo fratello.»

Il dolore familiare che derivava dal pensare a Kyl mi attraversò il cuore, ma venne seguito da un tale flusso di calore che il dolore si dissipò, diffondendosi e alla fine alleviandosi finché tutto ciò che sentii fu amore. Con Kailani al mio fianco, ero riuscito a lasciare andare il trauma che mi aveva tormentato a causa della sua morte. Ero stato in grado di tornare alla mia posizione di addestratore senza la mancanza di fiducia che avevo prima.

«Sì» riuscii a dire. «Sì. Mi piacerebbe.»

«Ti amo» mormorò contro la mia pelle.

«Ti amo così tanto, piccola guerriera. Grazie. Per tutto quello che hai fatto per me. E per tutto quello che hai fatto per Zandia.»

«Khrys» mormorò con voce roca.

«Sì, piccola guerriera?»

«Portami a casa. Mi piacerebbe sentire il tuo apprezzamento... fisicamente.»

Le mie antenne si irrigidirono e quasi inciampai nella fretta di spostarmi tra la folla fino ai cancelli del giardino.

«Ti mostrerò il mio apprezzamento per tutta la notte, piccola guerriera.»

«Mmm» mormorò, dando un colpetto di lingua contro il lobo del mio orecchio e facendomi pulsare le antenne. «Ci contavo.»

OTTIENI IL TUO LIBRO GRATIS!

Iscrivetevi alla newsletter di Renee per ricevere Indomita, scene bonus gratuite e notifiche riguardo a nuove pubblicazioni!

https://subscribepage.com/reneeroseit

ALTRI LIBRI DI RENEE ROSE

https://reneeroseromance.com/italiano/

I peccati di Chicago

La tana dei peccati

Radicato nel peccato

Uomo d'onore

Non provocarmi

Non tentarmi

Non costringermi

Dominami - la serie

Padrone reale

Sì, dottore

Padrone russo

Padrone marine

I suoi due padroni

Il padrone della segreta

Padrone di fuoco

Chicago Bratva

Preludio

Il direttore

Il risolutore

Posseduta

Il sicario

Il soldato

Un premio per l'Alfa

Una Sfida per l'alfa

Obsession Alfa

Desiderio Alfa

Guerra Alfa

Missione Alfa

Tormento Alfa

Segreto Alfa

La Preda dell'Alfa

Il sole dell'Alfa

Sangue Alfa

La luna dell'Alfa

Giuramento Alfa

La vendetta dell'Alfa

Fuoco Alfa

Salvataggio Alfa

Ordine Alfa

I lupi di Wall Street

Grande capo cattivo – Mezzanotte

Grande capo cattivo – Il folle della luna

Grande capo cattivo - La marchiata

Wolf Ranch

Brutale

Selvaggio

Animalesco

Disumano

Feroce

Spietato

Due Segni

Indomita (gratuito)

Tentazione

Deseada

Sedotta

Padroni di Zandia

La sua Schiava Umana

La Sua Prigioniera Umana

L'addestramento della sua umana

La sua ribelle umana

La sua incubatrice umana

Il suo Compagno e Padrone

Cucciolo Zandiano

La sua Proprietà Umana

La loro compagna zandiana (gratuito)

Le spose zandiane

Notte degli zandiani

Comprata dagli zandiani

Dominata dagli zandiani

Luci zandiane: il romanzo della festa aliena

Trattenuta dallo zandiano

Reclamata dallo zandiano

Rubata dallo zandiano

L'AUTORE RENEE ROSE

L'autrice oggi bestseller negli Stati Uniti Renee Rose ama gli eroi alfa dominanti dal linguaggio sboccato! Ha venduto oltre un milione di copie dei suoi romanzi bollenti, con variabili livelli di erotismo. I suoi libri sono comparsi su *USA Today's Happily Ever After* e *Popsugar*. Nominata *Migliore autrice erotica da Eroticon USA* nel 2013, ha vinto come autrice antologica e di fantascienza preferita dello *Spunky and Sassy*, come miglior romanzo storico sul *The Romance Reviews* e migliore coppia e autrice di fantascienza, paranormale, storica, erotica ed ageplay dello *Spanking Romance Reviews*. È entrata dieci volte nella lista di *USA Today* con varie antologie.

Iscrivetevi alla newsletter di Renee per ricevere scene bonus gratuite e notifiche riguardo a nuove pubblicazioni!
https://www.subscribepage.com/reneeroseit

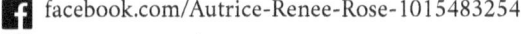 facebook.com/Autrice-Renee-Rose-101548325414563
instagram.com/reneeroseromance
tiktok.com/@reneeroseromance